QUÉBEC/AMÉRIQUE JEUNESSE

COLLECTION

CLiP

Dirigée par Anne-Marie Aubin

LE BAL DES
OMBRES

LE BAL DES OMBRES

RÉCITS POUR L'HALLOWEEN

17

DIRIGÉ PAR **CARMEN MAROIS**

QUÉBEC/AMÉRIQUE JEUNESSE

1380 A, rue de Coulomb
Boucherville, Québec J4B 7J4
(514) 655-6084

Données de catalogage avant publication (Canada)

Vedette principale au titre:
Le bal des ombres

(Collection Clip ; 17)
Pour les jeunes.

ISBN 2-89037-679-6

1. Nouvelles canadiennes-françaises - Québec (Province). 2. Roman canadien-français - 20e siècle. I. Marois, Carmen, 1951-   . II. Collection.

PS8329.B34 1994   jC843' .0108054   C94-941265-1
PS9329.B34 1994
PQ3916. B34 1994

Les Éditions Québec/Amérique bénéficient du programme de subvention globale du Conseil des Arts du Canada.

Réimpression février 1995

Dépôt légal : 4e trimestre 1994
Bibliothèque nationale du Québec
Bibliothèque nationale du Canada

Diffusion :
Éditions françaises
1411, rue Ampère
Boucherville (Québec)
J4B 5Z5
(514) 641-0514
(514) 871-0111 - région métropolitaine
1-800-361-9635 - région extérieure
(514) 641-4893 - télécopieur

Montage : Cait Beattie
Révision linguistique : Diane Martin
Conception graphique : Caroline Fortin

TABLE DES MATIÈRES

PRÉFACE

La nuit est noire et un vent mauvais siffle entre les arbres dénudés. La forêt, sombre et profonde, bruit d'une vie intense mais secrète. Une longue colonne silencieuse la traverse. Hommes et femmes, indistinctement vêtus d'amples capes noires, le visage dissimulé par leur capuchon, avancent à pas feutrés.

Suivant leur guide, ils se dirigent vers un lieu clandestin niché au cœur de la forêt sauvage. Nous sommes le 31 octobre, veille de la fête celtique de Samhain. Samhain, dans la langue des Celtes, signifie «fin de l'été».

Afin d'éclairer leur chemin, les adeptes du culte ancien se sont fabriqué de curieuses lanternes : des citrouilles évidées, percées de trous, rappelant de grossières figures et illuminées par des chandelles. Pour plus de commodité, ils ont fiché ces lanternes au bout de longues perches.

Pour les non-initiés, la vue de ces «têtes» illuminées, flottant dans la forêt par une nuit sinistre d'octobre, est effrayante. On se terre dans les chaumières où on tremble de peur. C'est la nuit où les âmes des morts reviennent sur terre pour hanter les vivants. La veille du jour où l'Église fête tous ses saints : <u>All Hallows Eve</u> en anglais, qui deviendra plus tard Halloween.

Depuis l'aube des temps, l'être humain fête la fin de l'été et l'abondance des récoltes pour lesquelles il rend grâce. C'est pourquoi le 31 octobre, veille de l'Halloween, est, avec la Chandeleur (2 février), la nuit de Walpurgis (1er mai) et Lammas (1er août), une des quatre fêtes les plus importantes du calendrier des sorciers et des sorcières. Ceux-ci n'étant en réalité que les adeptes d'un culte ancien, aujourd'hui secret.

Halloween est loin d'être une fête banale. Elle remonte au haut Moyen-Âge et reflète des croyances fort anciennes, inscrites au plus profond de l'inconscient collectif.

J'ai toujours trouvé dommage qu'on en fasse une fête de l'horreur bon marché. Qu'on la réduise à quelques artifices de mauvais goût. En littérature le phénomène est le même : combien d'histoires grotesques ou douteuses ont été écrites qui prenaient l'Halloween comme prétexte!

Quand Anne-Marie Aubin m'a proposé de diriger un collectif sur le thème de l'Halloween pour la collection Clip, j'ai été ravie. J'avais enfin la possibilité de réhabiliter cette fête qu'entre toutes je préfère.

Comme l'Halloween est avant tout une affaire de sorcières, je me suis d'abord adressée à des auteures. Ma seule exigence : renouveler le thème, ne jamais tomber dans le sordide, dans le mauvais goût, dans la facilité.

Je remercie celles qui ont bien voulu répondre à l'appel : Christiane Duchesne, Francine Pelletier, Josée Plourde, Élisabeth Vonarburg, et je leur exprime ma satisfaction et mon admiration.

Grâce à leurs textes, pleins d'humour, de sensibilité et d'intelligence, ces auteures vous proposent, à vous lecteurs jeunes et moins jeunes, le plaisir de **lire** l'Halloween d'une façon nouvelle, d'une manière plus conforme à l'esprit d'une fête à ce point importante au cœur humain que, depuis des siècles, elle refuse obstinément de disparaître.

CARMEN MAROIS

CHRISTIANE DUCHESNE

Les sorcières sont des personnes extrême-
ment occupées. Elles se couchent avant
minuit et se lèvent tôt. Elles promènent
leur chien tous les matins, étendent leur
lessive au soleil, préparent trois repas,
règlent au moins cinq problèmes, inven-
tent une histoire par semaine, nourrissent
leur chien, ramassent tout ce qui traîne
par terre et dans leur vie. Elles lisent
beaucoup. Quand les tâches obligatoires
sont accomplies, elles s'offrent le plaisir de
faire de la musique, elles tricotent ou vont
marcher au bord de la mer, s'il y a une
mer à proximité. C'est exactement de
cette façon que Christiane Duchesne
occupe ses journées, sauf que la mer est
très loin de chez elle.

Principales Publications :

Gaspard ou le chemin des montagnes,
   Montréal, Éditions Québec/Amérique
   Jeunesse, coll Gulliver, 1984.

La Vraie Histoire du chien de Clara Vic,
   Montréal, Éditions Québec/Amérique
   Jeunesse, coll Gulliver, 1990.
Prix du Gouverneur général 1990,
Prix Alvine-Bélisle 1990.

Bibitsa ou l'étrange voyage de Clara Vic,
   Montréal, Éditions Québec/Amérique
   Jeunesse, coll Gulliver, 1991.
Liste d'honneur 1992, IBBY international,
Prix Christie 1992.

Victor, Montréal, Éditions
   Québec/Amérique Jeunesse, coll Gulliver,
   1992.
Prix du Gouverneur général 1992.

La 42ᵉ Sœur de Bébert, Montréal, Éditions
   Québec/Amérique Jeunesse, coll.
   Gulliver, 1993.
Prix Christie 1994.

Les Péripéties de P. le prophète Montréal,
   Éditions Québec/Amérique Jeunesse, coll.
   Gulliver, 1994.

TANT PIS
POUR
LA FÉE

Voici ce que la sorcière Charlotte avait reçu par le courrier, le matin du 7 mai:

Je serai très heureuse de vous recevoir mardi prochain à dix-neuf heures précises. Champagne ou tisane? Ce sera comme vous voudrez. Il y aura précisément vingt ans que nous ne nous sommes pas vues, il faut fêter la chose.

Amitiés,
Almire

P.-S. Je suis toujours à la même adresse.

Charlotte avait presque ri, puis elle avait eu peur. Qu'est-ce qu'Almire lui préparait? Elles ne s'étaient pas vues depuis vingt ans, c'est vrai, mais c'était bien ainsi. Toutes ces années n'avaient pas empêché Charlotte d'avoir de temps à autre des nouvelles d'Almire et de ce que celle-ci appelait ses réussites. On entendait toujours parler de ses succès. Almire était très fière d'avoir fait monter sur le trône le nouveau premier ministre, ancien crapaud qu'elle avait fait embrasser par une jolie jeune fille blonde toujours très triste. Almire avait également donné trois beaux enfants au maire, qui se plaignait de ne pas avoir de descendants. Les trois petits étaient auparavant des cailloux blancs qu'Almire avait trouvés sur son chemin. Selon Charlotte, Almire abusait de ses pouvoirs de fée.

Charlotte, en bonne sorcière, n'avait jamais aimé les fées. Elles étaient toujours très jolies, le plus souvent blondes et très élégantes. Elles n'avaient aucun sens de l'humour, prenaient la vie cent fois trop au sérieux, parlaient la bouche en cul de poule et se mêlaient de tout ce qui ne les regardait pas. Les fées aimaient se dire qu'elles avaient le monde à refaire. Selon elles, tout devait bien aller si on s'offrait le luxe d'un coup de baguette magique. Charlotte voyait les choses autrement.

Née d'une mère sorcière, petite-fille d'une sorcière bien connue pour avoir inventé le «noir sorcière», Charlotte croyait qu'il fallait faire ses preuves. Elle ne croyait pas aux bienfaits de la baguette magique. Au contraire, Charlotte pensait même qu'un peu de fil à retordre était la meilleure façon d'apprendre à affronter la vie. C'est ainsi que, comme sa mère et toutes ses aïeules, elle

— Je m'attaquerai à l'homme de votre vie! hurle Almire.

— Vous ne le connaissez pas!

— Je... je...

— Vous ne ferez rien du tout! déclare Charlotte. Vous rêverez à votre crapaud en silence. Je ne veux plus vous revoir. Je n'aurais même pas dû accepter votre invitation.

Charlotte vide son verre d'eau, croque les restes de son morceau de sucre et se lève, noble, devant Almire qui ne sait plus comment la retenir.

— Donnez-moi un ingrédient, un seul! supplie Almire.

— Non! fait Charlotte.

— Un signe, n'importe quoi!

— Vous êtes bien désespérée, ma pauvre fée, soupire Charlotte.

— N'importe quoi pour...

— ... pour conquérir votre crapaud? Ce ne sont pas des méthodes honnêtes!

— Charlotte!

Charlotte tire le rideau de dentelle et cligne discrètement de l'œil. Aussitôt, le ciel s'obscurcit, prenant des allures de novembre. Une veille de toussaint? Une pluie froide se met à tomber. Charlotte sourit.

— Regardez donc, ma chère Almire! Quel drôle de temps. Il faisait beau et d'un coup, on dirait l'automne...

Almire sort en trombe pour s'assurer que le printemps existe toujours. Trois gouttes, trois gouttes de pluie suffisent à la faire fondre. Il ne reste d'elle qu'une flaque bien ordinaire que Charlotte éponge consciencieusement.

— Son crapaud peut bien attendre... se dit-elle. De toute façon, elle ne le méritait pas.

La pluie n'a duré qu'un moment, le temps qu'Almire disparaisse. Charlotte s'en retourne chez elle à pied, marchant à grands pas dans ce soir de printemps, clair et doux comme un murmure. Un minuscule crapaud tente de la suivre, mais Charlotte marche trop vite.

FRANCINE PELLETIER

Francine Pelletier déteste les vendeurs, le téléphone et se faire demander si elle est journaliste. Par contre, elle aime les petits oiseaux, les journées de printemps ensoleillées et le chocolat. On la voit le plus souvent endormie dans un autobus ou debout à attendre le train, car elle habite Laval, où on trouve beaucoup de petits oiseaux, de journées de printemps ensoleillées mais pas trop de chocolat. Bien qu'elle ait commencé à écrire à l'âge de dix ans, il lui a fallu dix-huit années de labeur acharné avant de parvenir à publier un premier livre en 1987 (les bollés en calcul savent déjà qu'elle est née en 1959). Depuis, elle s'est bien rattrapée en publiant en moyenne deux titres par année, surtout en science-fiction.

PRINCIPALES PUBLICATIONS :

Un bateau sur le fleuve, nouvelle dans le collectif *Par chemins inventés,* anthologie dirigée par Francine Pelletier, Montréal, Éditions Québec/Amérique Jeunesse, coll. Clip 1992.

La Saison de l'exil, Montréal, Éditions Paulines, coll. Jeunesse-Pop , 1992.

Le Septième Écran, Montréal, Éditions Paulines, coll. Jeunesse-Pop, 1992.

La Bizarre Aventure, Montréal, Éditions Paulines, coll. Jeunesse-Pop, 1993.

La Planète du mensonge, Montréal, Éditions Paulines, coll. Jeunesse-Pop, 1993.

Le Cadavre dans la glissoire, Montréal, Éditions Paulines, coll. Jeunesse-Pop, 1994.

LES
RADIS
DE LA
COLÈRE

*L*e paysage qui défile autour de ma voiture devient de plus en plus désertique: depuis un moment, je n'ai vu aucune maison. L'herbe a disparu pour laisser place à des ronces. La terre a pris la couleur du sang séché. Pas de doute: j'approche du lac de la Tête de Mort. Sur sa rive se dresse le manoir hanté où je me rends. C'est là qu'habite le spectre de Brameegenschuk, un sinistre sire sournois comme un serpent.

Ça fait une paye que je n'ai pas vu Brameegenschuk. Je ne peux pas prétendre qu'il m'ait manqué. Rien qu'à évoquer son nom, j'en ai le poil des bras qui défrise. Pourtant, dans ma longue carrière de détective, je peux dire que j'en ai connu, des parfaits salauds, et même des vilains pingouins. Mais des écœurants comme Brameegenschuk, vivants ou morts, je n'en connais pas d'autre.

Dire que j'ai hâte d'arriver chez lui serait exagéré. Le lac de la Tête de Mort n'a rien d'un site de villégiature. Son eau est noire et elle pue. Les seuls oiseaux qui osent le survoler sont les corbeaux. Croâ, croâ! Pas très rigolo. La végétation, sur les rives, se limite à des buissons épineux. Quant au manoir... Les murs sont d'un gris-peinture-pelée. Les volets des fenêtres pendent en grinçant. Le plancher du perron a tendance à céder sous le pied imprudent qui s'y risque. Bref: un endroit pas très réjouissant.

Et Brameegenschuk n'est pas exactement le genre de personne qu'on a envie de visiter. Pour vous donner une idée du personnage, disons que la première fois que je l'ai rencontré, c'était dans l'affaire du Van Gogh volé. Le Van Gogh appartenait à un banquier, un homme intègre et honnête qui en avait hérité. Or, Brameegenschuk déteste l'honnêteté. Alors, il a volé le Van Gogh, qui était assuré pour une forte somme. Ensuite, il a écrit une lettre anonyme aux assureurs, pour suggérer que le banquier s'était peut-être cambriolé lui-même. Le banquier a été soupçonné de fraude aux assurances. Même si rien n'a été prouvé contre lui, la réputation de cet homme a été à jamais entachée. Ça lui a rendu la vie impossible, au banquier. Il a fini par se suicider. Croyez-vous que Brameegenschuk s'est déclaré satisfait? Il a découpé le Van Gogh en petits morceaux qu'il a envoyés, les uns après les autres, à la veuve éplorée, par courrier recommandé. La pauvre femme en est devenue folle. Elle a dû être internée. Son fils a été confié à un oncle grippe-sou sans cœur. Le gamin a passé son enfance à pleurer toutes les nuits, dans une chambre immense et glaciale où Brameegen-schuk s'amusait parfois à venir le hanter.

Un salaud pareil, je vous jure... C'est pour ça que j'ai été aussi surpris, ce matin, en trouvant ce bout de papier sur mon bureau. Il y était écrit: «Au secours!» Et c'était signé: «B.» Brameegenschuk qui m'appellerait à l'aide? Impossible!

Pourtant, me voilà sur la route qui mène à son repaire. D'ailleurs, j'arrive justement au lac de la Tête de Mort.

Nom de nom! Le lac!

Il est bleu! Le soleil brille! Le ciel se mire à la surface de l'eau!!! Et ce ne sont plus les croâ-croâ des corbeaux qu'on entend mais plutôt les cui-cui des moineaux. Les buissons que j'ai connus épineux sont en fleurs. Des fleurs jaunes! Et des papillons blancs s'y poursuivent en voletant...

Je me frotte les paupières. Ma parole, je rêve!

Vite, je remets mon vieux tacot en marche. Qu'est-ce qui a bien pu se passer au manoir?

Le chemin en lacet est bordé de fleurs. Leur parfum s'engouffre par la vitre abaissée de ma portière. Ça sent bon! Ce n'est pas croyable.

Voici le manoir. Je freine brutalement. Non! Si? Pas vrai!

Les murs ont été repeints. En blanc. Les volets sont roses.

Je prends mon temps pour descendre de voiture. Prudence. C'est sûrement un piège. Brameegenschuk a décidé de s'amuser à mes dépens. Sinon, pourquoi ce ridicule appel au secours?

Je monte avec lenteur les marches du perron. Ça ne grince plus. J'approche un doigt hésitant de la sonnette. Jusqu'ici, quand on y appuyait, la sonnette émettait un râle d'agonisant. J'appuie. Ding-dong. La porte s'ouvre sans le moindre grincement.

Je ne suis pas surpris de n'apercevoir personne: autrefois, le battant s'écartait sur un gouffre d'obscurité où flottaient des odeurs nauséabondes. Aujourd'hui, l'intérieur du manoir sent la cire d'abeille.

«Ahum!», fait une voix à mes pieds. Je baisse la tête, étonné. Si je n'ai vu personne, c'est que mon hôte est un tout petit bonhomme, haut comme trois pommes, les joues rondes comme des pêches, le nez comme une prune dorée, les oreilles en chou-fleur et des yeux comme des pois chiches.

— Vous désirez?

Je reste baba. Ébahi.

— Vous... Je... Il...

Je me flanquerais une taloche sur la figure. Un privé comme moi, un dur de dur qui se met à bégayer, à bouche béer devant un petit bonhomme haut comme trois pommes!

— Je voudrais voir Brameegenschuk.

Le petit bonhomme sourit, d'un sourire qui découvre des dents pareilles à des grains de maïs bien mûrs.

Je m'attends à entendre ricaner. À ce que Brameegenschuk surgisse d'un mur, hilare, ravi de m'avoir attiré dans ce guet-apens. Eh bien, non. Le petit bonhomme recule poliment pour me laisser entrer.

— Je suis désolé: monsieur Brameegenschuk n'habite plus ici.

Hein? Le petit bonhomme enchaîne, suave:

— Je m'appelle Roger Bontemps, je suis le nouveau propriétaire du manoir.

— Mais... Mais... bêlé-je. Brameegenschuk m'a appelé...

J'allais dire: au secours. Je me contiens. Si c'est un piège, je dois rester sur mes gardes. Roger Bontemps n'a peut-être rien à voir dans cette affaire, mais... Prudence!

J'avance dans le salon, reniflant les odeurs d'encaustique. Les fauteuils dont les ressorts bondissaient, les toiles d'araignées, l'horloge au tic-tac lugubre, les squelettes dans les placards, la poussière, les ombres de pendus dessinées sur les murs, tout le décor du sire Brameegenschuk a été remplacé par deux bergères qui me semblent, ma foi, tout à fait confortables. Un tapis tressé couvre le plancher bien astiqué. Sur une table basse, un plat de noix et une plante verte donnent une touche charmante à cet intérieur douillet.

Roger Bontemps m'observe. Rêvé-je, ou a-t-il vraiment l'air amusé? Je m'informe d'un ton détaché:

— Vous ne savez pas où je pourrais trouver Brameegenschuk?

Le petit bonhomme écarte les bras en signe d'ignorance. Je me renfrogne.

— J'ai peine à croire que Brameegenschuk soit parti sans laisser d'adresse, et encore moins qu'il n'ait pas l'intention de revenir. C'est son manoir, il le hante depuis des siècles. Un fantôme ne change pas ses habitudes en criant ciseaux!

Mon hôte désigne la pièce autour de nous.

— Si vous ne me croyez pas, je vous en prie... faites le tour.

J'hésite. J'ai bien envie d'accepter l'invitation. En même temps, je me méfie. Ce type a trop l'air du bon gars.

— Allez-y, insiste Roger Bontemps. Ma maison est la vôtre, de la cave au grenier.

Là, je tique. Dans la cave vit une famille de morts-vivants qui détestent qu'on vienne les déterrer. En plus, Brameegenschuk a ramené d'un voyage une momie à moitié maboule que les morts-vivants ont adoptée. Eux n'auront pas quitté les lieux. Ils me diront où trouver le disparu.

— La cave, hein? répété-je avec un air entendu.

Pour bien montrer à ce Roger Bontemps de malheur que je connais les lieux mieux que lui, je le précède jusqu'à la porte de la cave. Du caveau, plutôt, car il s'agit d'un trou sombre creusé dans la terre noire, humide. En passant, je constate que, dans la cuisine, la collection de coutelas et de machettes de Brameegenschuk a été remplacée par une batterie de cuisine en cuivre, astiquée jusqu'à en être aussi polie que son propriétaire. Une bonne odeur de pommes flotte dans l'air: mon hôte était en train de concocter une tarte et des chaussons pas piqués des vers. Hum...

Au moment d'ouvrir la porte de la cave, je me ravise. Et si Roger Bontemps n'était qu'un complice de Brameegenschuk? Si les deux malfrats s'apprêtaient à me jeter en pâture aux morts-vivants et à leur momie? Je m'écarte donc, laissant le petit bonhomme ouvrir la porte. Rien qu'à l'odeur, je devine que les derniers locataires ont levé le camp.

Je descends quand même, intrigué. En bas, le caveau a été balayé, nettoyé, réhabilité et voué à un noble usage: il s'y empile des barriques de bière. Un délicieux parfum de houblon a remplacé l'odeur des chaussettes pas lavées. Nulle trace de hardes ou de bandelettes. Morts-vivants et momie ont disparu à leur tour.

Avec un regard de regret pour les barriques de bière, je remonte lentement.

— Vous voulez voir le grenier? m'invite Roger Bontemps.

Je ne sais si je dois oser. Le grenier! Sanctuaire inviolable du fantôme! L'endroit chéri où il traînait ses chaînes par les soirs de grands vents...

J'y vais, bien sûr. Je grimpe à l'escabeau de bois qui a remplacé l'échelle de Jacob Brameegenschuk. Je soulève la trappe, avec l'espoir diffus que mon vieil ennemi m'attend là-haut pour tenter, comme il le faisait jadis, de me trancher la tête quand je la passerai par l'ouverture.

Rien. Ou plutôt, non: pire! Là, dans un coin, la vieille horloge muette. Les fauteuils aux sièges défoncés, bien alignés, dépoussiérés. Horreur! J'aperçois un tas de sacs verts. Un frisson me traverse l'échine. Et si c'étaient les restes des morts-vivants? Je finis de grimper, je m'approche sur la pointe des pieds, j'ouvre un sac en tremblant... Ouf!

Il est seulement rempli de squelettes. Tous les squelettes tirés de leurs placards et jetés pêle-mêle dans des sacs.

Je retourne au rez-de-chaussée, découragé.

— Alors, triomphe aimablement mon hôte, vous n'avez rien trouvé?

Je secoue la tête.

— Si vous alliez voir au jardin? suggère l'affable personnage.

J'obtempère. Sur le seuil de la porte arrière, je m'arrête. Quel choc! Cette cour, je l'ai connue dépotoir, emplie de détritus tous plus nauséabonds les uns que les autres. Où est passée l'odeur fétide? Roger Bontemps a retourné chaque parcelle de terrain, il y a tracé des sillons bien droits pour y planter des légumes qui ont poussé tout l'été. Côte à côte, carré après carré, s'alignent les plants de haricots, les touffes de carottes, les timides pousses de radis; les laitues s'étalent, les tomates m'épatent. Au milieu du potager, Roger Bontemps a planté un poteau surmonté d'une cabane à moineaux.

Je descends la volée de marches d'un pas machinal. Soudain, je m'immobilise, l'oreille aux aguets. J'ai cru percevoir un ricanement près de moi. Je tourne la tête. Rien. Je suis seul: Roger Bontemps ne m'a pas suivi à l'extérieur.

J'achève ma descente, le cœur battant. Si c'était ici, le piège? Je fais un pas, puis deux. Je m'attends à tout moment à ce qu'une main de mort-vivant surgisse du sol pour m'entraîner dans des profondeurs abyssales, les habits sales et la bouche pleine de terre.

Rien ne bouge, sinon un moineau albinos qui s'agite sur le seuil de sa cabane, sautillant, tout excité. Il ne s'envole pas à mon approche – et pour cause: ce n'est pas un moineau. C'est une petite créature à forme humaine (de la taille d'un moineau) qui gesticule avec fureur sous son suaire blanc en poussant des petits cris (de moineau).

Je me fige. Planté devant la cabane (à moineaux), je contemple le spectre du sinistre sire sournois qui s'agite sous mon nez.

— Vous en avez mis, du temps, espèce de détective à la noix! pépie le petit habitant.

— Brameegenschuk! m'exclamé-je. Vous êtes bien diminué!

J'entends derrière moi comme un bruissement, mais je n'y porte guère attention, intrigué par la présence de mon irréductible ennemi ainsi réduit.

— Non, grogne le spectre, je fais semblant!

— Mais... que vous est-il arrivé?

Le mini-spectre pointe son ex-maison du menton.

— Vous l'avez vu, *lui* ?

Je devine qu'il parle de Roger Bontemps. Je me tourne vers le manoir, étonné. Le petit bonhomme haut comme trois pommes est debout sur le perron arrière et il me salue d'un joyeux geste de la main. Quoi, ce Roger de rien du tout aurait vaincu le terrible spectre de Brameegenschuk? Je n'en reviens pas!

— Tu devrais! réplique Brameegenschuk, qui a toujours lu dans mes pensées.

Faut-il que ce petit bonhomme, sous ses airs innocents, soit un puissant personnage pour vaincre le sinistre sire?

L'herbe bruit autour de moi, mais j'ai les yeux rivés à mon minime ennemi.

— Il est puissant, me révèle Brameegenschuk. C'est le chef du PLATE, le Parti libérateur anti-terreur des enfants.

Qu'est-ce que c'est encore que ce truc-là, le «PLATE»? Je ne savais même pas que ça existait! Un parti, il faut que ça recrute des membres, que ça dépense pour organiser une campagne de financement, que ça fasse des promesses électorales, que ça cause des scandales, bref: qu'on en parle dans les journaux!

Encore une fois, je perçois un froissement – non pas de journal, mais plutôt d'herbe – autour de moi. Sauf qu'il n'y a pas d'herbe, ici. C'est un jardin potager.

Je sens les cheveux se dresser sur ma tête, que je penche pour regarder à mes pieds, par terre.

Ce que j'aperçois n'a rien pour me terroriser. Au contraire, ce serait même plutôt ridicule si le pauvre Brameegenschuk n'était pas confiné dans sa cabane.

À mes pieds se tient une foule de légumes du jardin qui ont quitté leur plant, leur terreau, leur ramille pour venir ici manifester. Il y a des haricots jaunes et des haricots verts, des tomates trop ou pas assez mûres, des feuilles de laitue bien fraîches, des radis qui sautillent d'impatience, des carottes qui éternuent en secouant la terre qui les recouvre encore. Et tous ces habitants du potager brandissent des pancartes à leur mesure.

Comme j'ai la vue qui faiblit un peu avec l'âge, je suis obligé de me pencher très bas pour lire leurs slogans. Une carotte en profite pour me lancer une motte de terre dans l'œil, mais j'ai quand même eu le temps de déchiffrer les pancartes:

«À bas l'horreur!» clame l'une.

«Mort à la violence dans les films!» annonce l'autre.

«Nous voulons des romans d'amour», exige l'une.

«Et des bonbons sans sucre», ajoute une autre.

Un haricot en porte une qui dit: «Je veux être mangé sans beurre ni sel.»

Je reste estomaqué. Une manifestation de légumes!

— Organisée en ton honneur par Roger Bontemps, explique Brameegenschuk. Voici ses électeurs. Il s'est fait élire président à vie de la Russesa.

Qu'est-ce que c'est ça, la Russesa?

— La R-U-S-S-E-S-A, épèle en soupirant le spectre miniature: la République unie sans soldats et sans armes.

Ciel, une invasion! Les légumes se sont emparés du lac de la Tête de Mort, du manoir hanté et de la personne du spectre de Brameegenschuk pour transformer le tout en un petit paradis sur terre. L'enfer, quoi.

— Mais, m'étonné-je, pourquoi s'en prendre à Brameegenschuk?

— Parce qu'il est le symbole de l'horreur, réplique Roger Bontemps dans mon dos.

Le petit bonhomme haut comme trois pommes m'a fait sursauter en survenant sans bruit derrière moi. Je me tourne vers lui et, découragé, craignant d'attraper le torticolis en regardant tout ce petit monde de mes hauteurs, je me laisse tomber sur la terre fraîchement retournée, tout retourné moi-même par les événements.

— Ouais! clame un haricot. C'est une créature de la nuit...

— Et nous, continue une tomate, on n'aime que le soleil.

— Il fait peur aux enfants, ajoute une timide feuille de laitue.

— Et nous, enchérit un radis, on est bons pour la santé.

De nouveau les pancartes s'agitent, cette fois presque sous mon nez. À bas l'horreur! Mort à la violence!

Je commence vraiment à plaindre le pauvre Brameegenschuk. Quant à la famille de morts-vivants qui habitaient le caveau, je n'ose penser au sort qui leur a été réservé.

— Aujourd'hui le potager, me confie le radis, et demain le monde!

— Nous préparons la révolution, fait une carotte.

— Un coup d'État, murmure la feuille de laitue.

— Allons, allons, intervient Roger Bontemps, mes amis...

Le président se penche vers ses légumes.

— Le soleil va bientôt se coucher, il faut songer à rentrer à l'abri.

— Fais-nous un discours! réclame un haricot.

— Oh oui, un discours! Un discours! scandent les électeurs.

— Mes chers amis...

Roger Bontemps a étendu les mains en un geste apaisant. Le silence se fait parmi les légumes.

— Mes frères... continue le président de la Russesa. L'ombre nous guette, mes frères. Partout, sur tous les écrans, les enfants ne voient chaque jour que la violence, même dans les émissions les plus innocentes...

Un frémissement parcourt l'assistance.

— C'est le règne de la nuit sur la surface de la terre, mes amis! La viande, la graisse, le *pop-corn* et le sucre ont remplacé les vraies valeurs, celles de la terre, du soleil et des légumes bien mûrs...

— Vive le président! crie une tomate hystérique devenue rouge d'excitation.

Roger Bontemps hoche la tête, flatté.

— Nous ferons régner la paix, reprend-il de sa voix vibrante, et nous enverrons les enfants se coucher de bonne heure.

— Et à l'Halloween? fait la petite voix d'un radis.

— Oui, oui! hurlent les électeurs. Raconte-nous l'Halloween!

Je tressaille. Bien sûr, comment n'y ai-je pas songé tout de suite? L'Halloween est dans une semaine à peine.

Catastrophe! Chaque année, les enfants viennent en foule au manoir hanté. Ils y sont accueillis par les morts-vivants et la momie, qui ne quittent leur caveau que pour cette occasion très spéciale. Les squelettes sortent alors des placards pour décorer l'allée qui mène à la maison. Brameegenschuk, revêtu d'un suaire de cérémonie, se tient au-dessus dans la lucarne du grenier où il agite ses chaînes, terrorisant les enfants qui poussent des cris d'effroi ravis.

Que va-t-il se passer cette année à l'Halloween?

— Nous ferons une procession, explique Roger Bontemps à ses électeurs. Radis, haricots, tomates, laitues, carottes, tous, nous marcherons main dans la main sur le chemin de la ville... Nous fustigerons les gens qui donnent des bonbons aux enfants.

— Nous les traiterons de malades! crie un haricot.

— De faiseurs de caries! ajoute un radis.

— Nous remplacerons tous les bonbons par des carottes! soupire une carotte.

— Et des radis! précise le radis.

— Et des tomates! insiste la tomate.

— Et de la laitue! fait la laitue.

— Et des haricots! souligne le haricot.

— Oui, oui... approuve Roger Bontemps, apaisant. Nous ferons tout cela, mais avant dix-neuf heures. Parce qu'après il faut aller au lit.

Le spectre Brameegenschuk n'a rien dit durant tout le discours de Roger Bontemps. Je l'entends qui sanglote, tout près de mon oreille – il a quitté la cabane à moineaux pour venir s'installer sur mon épaule. Brameegenschuk pleure!

J'en suis tout bouleversé. Il faut agir! Le tirer de ce mauvais pas. Mais comment?

Je me tourne vers les légumes que le président du PLATE et de la RUSSESA repousse vers leurs carrés pour qu'ils aillent se coucher. Je les interpelle:

— Eh, le potager!

Ils reviennent vers moi aussitôt, heureux de retarder l'heure du dodo.

Roger Bontemps me dévisage avec méfiance. Je désigne ses électeurs.

— Je peux leur dire un mot?

Il acquiesce. Je me racle la gorge.

— Dites-moi, mes petits légumes... mais vous voulez donc tous être mangés?

— Tous! s'écrient-ils en chœur.

— Vous ne trouvez pas ça horrible de finir à la casserole? D'être brûlés vifs? Bouillis encore si jeunes, croqués encore si tendres?

— Ben justement! réplique une feuille de laitue en me dévisageant comme si j'étais débile.

— C'est notre seul but dans la vie, dit le radis.

— On est si bons pour la santé! fait un haricot encore vert.

Je sens qu'il vaut mieux changer de stratégie. Je toussote.

— Vous aimez vraiment les enfants?

— Si on les aime? s'indigne la tomate, encore plus rouge que tout à l'heure.

Je ne laisse pas le temps aux autres d'ajouter leur mot.

— Alors, comment pouvez-vous souhaiter rendre les enfants malheureux?

— Nous? s'étonne le haricot.

— Comment pourrait-on... s'insurge la tomate.

— L'Halloween! m'écrié-je. Avez-vous pensé à l'Halloween?

— Et comment, qu'on y pense! ricane le radis.

— Ça suffit, intervient le président. Il est temps d'aller au lit...

Les légumes n'osent protester. Ils prennent un air piteux. J'ironise:

— Eh bien, c'est ça qu'on appelle la démocratie?

— Ouais, marmonne le radis. C'est vrai.

— Graine de dictateur! lancé-je au président.

— Mais non, temporise Roger Bontemps. Mes amis sont libres...

Hésitants, les légumes s'entre-regardent. Puis, avec un air résolu, le radis revient vers moi.

— Qu'est-ce que tu disais à propos des enfants?

— Qu'ils vont être très malheureux à l'Halloween.

Les légumes m'entourent. Brameegenschuk marmonne, mais il se garde d'intervenir, tandis que je captive l'attention de mon auditoire.

— Les enfants vous aiment, c'est indéniable. Ils vous croquent, vous savourent, vous dévorent tous les jours de l'année. Mais le soir de l'Halloween, c'est spécial pour eux. C'est le seul soir de l'année où ils peuvent sortir tard...

— Nous, intervient le haricot, on se couche toujours trop tôt.

— C'est le seul soir où ils peuvent manger ce qui est défendu...

— Et nous, alors? proteste le radis.

Roger Bontemps sourit.

— Mes amis, mes amis... Vous voyez bien que cet homme n'est qu'un égoïste. Il ne pense pas aux caries, aux maux de ventre que les bonbons provoquent...

— Mais j'y pense, au contraire! protesté-je. Seulement, si vous interdisez les bonbons le seul soir de l'année où c'est amusant d'en ramasser, les enfants vont se mettre à vous détester. Ils ne voudront plus manger de carottes, ni de radis, ni de laitue...

— Ni de tomates? s'inquiète la tomate, pâlissant.

— Ni de tomates.

— Il ment! s'écrie Roger Bontemps.

— Ah oui? répliqué-je. Attendez un peu votre fameux soir de révolution, vous verrez bien!

Les légumes ont l'air inquiets. Roger Bontemps cafouille. Avant qu'il ait le temps de reprendre la parole, je profite de mon avantage.

— D'ailleurs, je m'étonne que des légumes raisonnables comme vous aient une idée aussi peu tolérante. Vous savez bien que les enfants (et tous les gens, d'ailleurs) préfèrent ce qui est interdit. Vous ne pensez pas qu'il vaudrait mieux essayer de donner aux enfants le goût de vous manger plutôt que de les empêcher de s'amuser?

Les légumes restent un moment silencieux, puis le radis rouspète:

— Oui, mais c'est pas juste.

— Qu'est-ce qui n'est pas juste?

— Depuis des années et des années, à l'Halloween, il n'y en a que pour les citrouilles.

— Ouais, dit le haricot, on ne voit qu'elles!

— On les décore, fait la laitue.

— On les illumine, ajoute la tomate.

— Et nous, enchérit le radis, on reste au fond du garde-manger. C'est pas juste!

Je réprime un sourire. C'était donc ça! Roger Bontemps a profité du sentiment de jalousie des légumes envers les citrouilles pour mener le potager à la révolution...

— Et si vous deveniez des légumes d'Halloween, vous aussi?

Ce n'est pas moi qui fais cette suggestion, c'est Brameegenschuk. Sa voix a retrouvé une partie de sa force, lui-même a grossi un peu depuis tout à l'heure. Il a maintenant la taille d'un écureuil (signe que le pouvoir de Roger Bontemps est en train de diminuer).

— Nous? fait la carotte, pleine d'espoir.

— Quoi de plus effrayant qu'un doigt coupé? réplique Brameegenschuk. Est-ce qu'une carotte n'est pas le légume idéal pour jouer ce rôle?

— Et moi, et moi? réclament le radis, la feuille de laitue, la tomate, le haricot.

Brameegenschuk, inspiré par la perspective de recouvrer sa liberté, répond à chaque légume tour à tour. À la tomate:

— Tu es la chair et le sang qui coule d'un cadavre...

À la laitue:

— Tu es le masque verdâtre sur le visage d'une citrouille...

Au haricot:

— Tu es un asticot qui émerge d'un corps éventré...

Devant le radis, mon vieil ennemi hésite un peu. Le légume s'agite, mécontent.

— Moi, je ne suis bon à rien, c'est ça?

— Bon à rien? s'exclame Brameegenschuk. Au contraire! Nous utiliserons ton goût piquant pour surprendre les enfants! Nous leur banderons les yeux, nous les obligerons à te manger et, quand ils goûteront ta chair, nous leur ferons croire qu'ils ont avalé un terrible poison, avant de leur révéler ta nature ô combien délicieuse!

— Ouais! Ouais! approuvent les habitants du potager.

Mais Roger Bontemps ne s'avoue pas encore battu. Il proteste:

— Un instant, un instant! Vous tous, vils traîtres, avez-vous oublié que vous êtes membres du PLATE, le Parti libérateur anti-terreur des enfants? Comment pouvez-vous vous réjouir à l'idée d'effrayer les enfants?

— Mais les enfants adorent avoir peur! assure le radis.

— Ils aimeront croire que je suis un vrai doigt coupé, déclare la carotte.

— Et moi du vrai sang, dit la tomate.

— Et moi un affreux masque, ajoute la feuille de laitue.

— Et moi un asticot grouillant sur un cadavre, enchérit le haricot.

— Je me ferai aussi amer que le poison! jure le radis.

Roger Bontemps contemple son potager rebelle. Pauvre petit bonhomme haut comme trois pommes. Ses épaules s'affaissent. Il recule d'un pas, abattu.

— Alors, vous ne voulez plus de moi pour président?

— Mais si! proteste Brameegenschuk, magnanime. Restez avec nous!

Le spectre a repris sa taille normale. Il se tient debout au milieu des légumes enchantés (un fantôme ne peut pas les piétiner).

— Mon cher président, reprend Brameegenschuk, vous feriez un lutin effrayant! Je suis sûr que vous pouvez ricaner mieux que personne parmi nous. Que ferions-nous sans un lutin ricanant?

Roger Bontemps hésite.

— Vous voudriez de moi?

— Et comment! s'exclament en chœur le potager et son fantôme.

— Alors, c'est entendu!

Tout le monde se congratule. C'est la fête dans le potager. Je ne peux qu'avoir une petite pensée nostalgique à l'idée des morts-vivants qui ne verront pas un nouvel Halloween. Selon le radis, l'engrais de momie était absolument délicieux.

▲ ▲ ▲

Plus tard, quand les légumes ont regagné leur terreau, tandis que Roger Bontemps s'active dans la cuisine (Brameegenschuk et moi, nous adorons la tarte aux pommes), je me retrouve seul avec mon vieil ennemi. Nous sommes assis sur le perron arrière, à regarder dormir les tomates, les haricots, les laitues et tous leurs frères.

— Heureux que vous soyez venu... soupire Jacob.

Je reste silencieux. Mon vieil ennemi reprend:

— Je ne sais pas pourquoi j'ai fait appel à vous. Vous n'aviez vraiment pas de raison de vous précipiter à mon secours.

Je souris.

— Vous vous trompez, Brameegenschuk. J'avais une bonne raison: la vengeance.

— La vengeance?

Le spectre, presque opaque dans la lumière du soir, me contemple d'un air étonné. Je réponds:

— Avez-vous oublié ce banquier que vous poussâtes jadis au suicide? Sa femme devint folle de chagrin et son fils fut confié à un oncle grippe-sou et sans cœur...

— Enfer, gémit Brameegenschuk. C'est donc vous!

Je suis en effet le fils du banquier (je m'étonne d'ailleurs que ce spectre ne l'ait pas deviné plus vite, lui qui lit dans mes pensées).

— Mais... bredouille Brameegenschuk. Vous me détestez!

Faire bredouiller un spectre, c'est déjà une douce vengeance. Mon sourire se fait narquois.

— À qui le dites-vous!

— Alors, pourquoi être venu?

— Pour le plaisir de vous dire la vérité! triomphé-je. Et pour vous demander un service...

Le spectre me regarde avec avidité.

— Je suis votre obligé, mon cher.

— Il n'est pas trop tard pour réparer les torts que vous m'avez causés.

Le spectre lève un spectre de sourcil qui le fait ressembler à monsieur Spock vêtu d'un drap blanc. Bonne âme, je consens à m'expliquer.

— Mon oncle grippe-sou est encore en vie, Brameegenschuk. Pourquoi n'iriez-vous pas le hanter un peu, histoire de lui donner des remords? Vous devriez aller le visiter dans le temps des Fêtes. Ce bon oncle Scrouge est toujours plus sentimental à cette période de l'année.

Mon vieil ennemi promet de s'exécuter et moi, satisfait, je savoure la bière bien fraîche que Roger Bontemps m'a apportée.

JOSÉE PLOURDE

Dans une autre vie, j'étais un sous-marin. Pas celui qu'on bouffe, mais l'engin qui va sous l'eau. J'ai gardé de cette période une bonne vision périscopique et le goût des profondeurs. Dans cette vie, avant de devenir écrivaine, j'ai fabriqué des gants de jardinage et des machines à écrire. Maintenant, je pitonne à mains nues sur un clavier à longueur de journée. Pourtant les journées sont moins longues qu'à l'usine.

PRINCIPALES PUBLICATIONS :

La Forêt des soupçons, Montréal, Éditions
   Michel Quintin, coll. Nature, 1991.

Les Yeux de Pénélope, Montréal, Éditions
   Michel Quintin, coll. Nature, 1991.

Les Amours d'Hubert, Montréal, Éditions
   Michel Quintin, coll. Nature, 1992.

Hubert et les vampires, Montréal, Éditions
   Michel Quintin, coll. Nature, 1994.

NOUS SI ÉTIONS TROUILLARDS

Il y a peu de citrouilles à l'université. Quand ces malheureuses réussissent à terminer une quatrième année du primaire, c'est avec de minuscules «d» dans leur bulletin. Autrement, les citrouilles prennent le chemin des champs et y cultivent le temps qui se perd. C'est une façon de parler; les citrouilles ne fréquentent pas l'école. Pas plus que les patates ou les courges spaghettis! Pas plus que les aubergines ne tiennent des auberges. S'il y avait des citrouilles à l'université, il y aurait des citrouilles historiennes. Et s'il y avait ne serait-ce qu'une seule citrouille férue d'histoire, et que celle-ci pondait un livre qui dirait toute la vérité, il y a des Ramdams, des Djoubirs et des Fitz qui se mordraient les doigts et boufferaient de honte le bout de leurs moufles.

Je suis une Ramdam. Attention! Une Ramdam repentie. Que de remords! J'en ai parfois rongé mes ongles jusqu'à ce qu'il n'en reste qu'une fine poudre au creux de ma paume. Je suis une Ramdam au passé sombre comme l'automne quand il a mauvaise mine. Comme tous les Ramdams, pendant des lustres, j'ai lancé chaque soir ma citrouille, attendant fébrilement son «sploush» sur le sol. Chaque matin, j'ai marché avec une joie malsaine dans la purée orange des gros fruits torturés. Mais notre barbarie n'était rien à côté de la cruauté des Djoubirs et encore moins en regard du raffinement d'horreur pratiqué par les Fitz. Juste à prononcer leur nom, la langue me pique comme si on y avait mis du vinaigre. Fitz! Fitzzzzzzzz!

Il n'y a pas de citrouilles historiennes. Je vais donc raconter moi-même cette histoire qui mérite d'être connue. Je vais la chanter comme une sorte de messe, un hommage au courage des moins braves. Le Grand Ramdam disait toujours: «Il y a un peureux en chacun de nous, prenez bien soin de l'effrayer dans le miroir chaque matin. Si vous savez vous y prendre, il vous fichera la paix pour le reste de la journée.»

▲　▲　▲

Il y a cinq cents millions de «bonjour-bien-dormi?», il n'y avait ni automne ni hiver. Il n'y avait qu'un printemps qui durait une journée et le reste du temps, c'était l'été. Mais ce n'était pas l'été comme on le connaît aujourd'hui, avec ses lacs de paix, ses plages de chaleur, ses étendues de calme et ses oasis de plaisir. C'était l'été comme l'enfer: chaud, bruyant, lourd, violent, bête et méchant. Dans cet enfer, il y avait un pays. Ce pays n'avait rien d'une douillette non plus. Le pays était un cipaille de bêtises: une rangée de Ramdams, une rangée de Djoubirs et une rangée de Fitz, de l'huile, du feu et on recommence, une rangée de... Pas besoin de préciser que les insultes volaient mieux que les oiseaux. Les voix étaient comme des râpes pour les oreilles et les mots d'amour faisaient un grand détour par-delà le territoire. Le pays portait le nom de Warf, comme le bruit que fait le chien haineux quand il ouvre la gueule.

Le Warf, territoire des méchants comme la teigne, comptait trois nations. Au nord, vivaient les Djoubirs, si barbares, si fiers de leur courage qu'ils s'arrachaient les ongles au lieu de les couper. Nous, les Ramdams, occupions le sud. Nous étions reconnus pour notre immense capacité à gueuler par peur de passer pour des peureux. À l'est, il y avait les Fitz. Ah! les Fitz! Encore aujourd'hui, leur évocation me donne de l'urticaire. Les Fitz avançaient toujours dans un cliquetis inquiétant. Ils ne se déplaçaient jamais sans leur schlack, un poignard terrible qu'ils aiguisaient du tranchant de leurs dents. Leurs yeux même étaient si pointus qu'un Fitz hors de lui pouvait vous transpercer d'un regard fatal. Le Warf n'était pas un pays de tout repos, un pays de balades et de pianos. Vivre dans le Warf, c'était déjà vivre dangereusement.

À l'ouest? Vous vous demandez ce qu'il y avait à l'ouest? Une chose étrange, un curieux phénomène, une distorsion de la nature. Il y avait dans tout l'ouest du territoire un champ de citrouilles. À perte de vue, de stupides citrouilles, ces fruits d'un orange qui donne mal au ventre. Ces fruits trop gros pour être mangés simplement comme une pomme. Des fruits filandreux comme la maladie et infestés de pépins comme nous l'étions de pous. Une mer de citrouilles. Que de citrouilles! Et elles avaient le don de nous énerver. Nous avions d'abord tenté de les décimer: le feu, la hache, la chaux. Rien n'y faisait. Les citrouilles revenaient sans cesse, retigeant là, racinant ici. Les citrouilles s'accrochaient à la vie, c'en était enrageant. Mais leur persévérance, leur endurance n'était rien. Il y avait les chants. Chaque nuit, les citrouilles se groupaient en chorale et faisaient en harmonie, s'il vous plaît, des airs d'une beauté extrême. Et dans le Warf, la beauté n'avait pas sa place.

▲　▲　▲

Chacun de nos peuples avait une bonne raison de détester les citrouilles. D'abord, il faut convenir que cette teinte, cet orangé, était un affront constant pour l'œil. Qui, au monde, avait eu l'idée de mélanger le rouge et le jaune, la colère et le soleil, pour donner couleur à des fruits dodus chantants? Mais ce n'était pas tout. En plus... Et puis rien! Nous n'avions pas besoin de raisons pour détester les citrouilles! Nous adorions les détester! Qui a besoin de raisons pour haïr?

Les Djoubirs n'avaient pas que des torts, il est vrai qu'ils avaient beaucoup souffert. En bons nordistes, ils étaient chicaniers sur les rations, détestaient partager leur bois et tenaient à ce qu'on respecte scrupuleusement les limites du territoire. Ils avaient eu très froid les premiers temps de leur arrivée dans le Warf car, à cette époque, il y avait un hiver. Un hiver rude comme un boxeur et mordant comme un crocodile. On avait entendu plus d'une fois un Djoubir craquer d'un coup sec sous l'effet d'une engelure généralisée. Mais ils supportaient avec stoïcisme les vilenies de la nature. Les Djoubirs avaient donc deux besoins fondamentaux: se tenir chaud et se défouler de leurs frustrations sur le dos des plus petits. La moitié des Djoubirs avait pour fonction de trouver de nouvelles techniques pour répondre à ces besoins. Les autres étaient des guerriers, des brutes, des épais. Les Djoubirs-chercheurs avaient tenté pendant des années de trouver le combustible parfait. La tâche était ardue. Le bois chauffait bien, mais il ne criait pas quand on le débitait. Les Ramdams et les Fitz ne brûlaient pas et ils ne se laissaient pas attraper facilement. Les spaghettis se tordaient comiquement sous l'effet des flammes, mais ils ne produisaient aucune chaleur. Cependant, les citrouilles leur avaient donné l'occasion de faire d'une pierre deux coups.

Les citrouilles! Oh! trouvaille d'entre les trouvailles! Les citrouilles répondaient à tous les critères. On les attrapait aisément: il faut admettre qu'elles ne courent pas vite. Les Djoubirs-guerriers les faisaient facilement prisonnières. On les laissait poireauter ou potironner toute une année en les privant d'eau. Elles devenaient dures comme du bois et brûlaient si bien qu'elles en faisaient fondre la glace sur les toits des djoubirians, maisons nordiques du Warf. Mieux encore, elles semblaient souffrir beaucoup pour le grand plaisir des affreux Djoubirs. Ainsi, soir après soir, chaque membre d'une famille Djoubir, après avoir âprement disputé sa place au coin du feu, arborait un rictus de plaisir à voir se consumer dans l'âtre une citrouille de belle taille. Les cris des citrouilles faisaient une douce musique aux oreilles tordues des Djoubirs du Warf. Cette habitude s'était ancrée, et même dans le four qui nous tenait lieu de pays, les Djoubirs faisaient des feux de citrouilles!

Au sud, chez nous les Ramdams, la tradition était plus joviale, plus colorée. Elle n'était pas plus civilisée pour autant. Nos coutumes se teintaient toujours des couleurs de la fête, une fête gaillarde, des réjouissances de pots cassés. Un Ramdam ne peut jamais fêter sans casser quelque chose. Un Ramdam ne peut vous aborder sans vous casser les oreilles. (On peut facilement aujourd'hui identifier le Ramdam sous la personnalité de certains professeurs, de certains enfants ou de certains chauffeurs de taxi. Les Ramdams humains sont des gueulards!)

L'après-midi du Ramdam moyen se passait donc à chasser la citrouille. Des hordes de Ramdams avançaient dans la mer de citrouilles, chaussés de leurs bottes à crampons. Ils y faisaient de jolis dégâts. Un harpon dans une main, dans l'autre, une crécelle, les Ramdams hilares ramenaient à la maison une citrouille ventrue. Une pour chaque maison, évidemment. L'usage voulait qu'on pose la citrouille harponnée sur le rebord de la fenêtre la plus haute de la maison, tel un trophée, pour que tous les voisins puissent l'admirer. Le soir venu, juste avant d'entamer d'un large coup de couteau le veau de lait ou le faisan au vin, on poussait par la fenêtre l'infortunée citrouille. Le bruit sourd de sa chute sur le pavé était le signal des réjouissances. On entendait dans chaque foyer ramdam, chaque jour de cet éternel été infernal, les rires cruels des bourreaux et les gémissements des citrouilles agonisantes.

Chez les Fitz, la torture des citrouilles était élevée au rang d'art. L'art de l'horrible. Sans même leur enlever la vie, les artistes Fitz, viziers de la souffrance, taillaient des visages rieurs et laids à même la chair orangée des citrouilles. D'un coup de schlack naissaient un œil révulsé, des dents pourries, un nez pustuleux. Les citrouilles ainsi transformées étaient exposées dans les maisons avec fierté. On les donnait en cadeaux dans les grandes occasions: mariages, naissances et anniversaires de toutes sortes. On en faisait grand cas. Chaque année, le Vénérable Maître des Fitz offrait un voyage de chasse à l'ouest au créateur de la plus répugnante citrouille de l'année.

Du nord au sud et de même à l'est, les citrouilles subissaient leur sort sans désespérer. Et sans jamais cesser de chanter. Il n'y avait qu'un dicton à l'ouest de Warf: «Rien ne sert de souffrir si on ne sait plus chanter.» Aux quatre points cardinaux du pays de la cruauté, on entendait à toute heure le chant des citrouilles.

Les citrouilles vivaient en colonie, ou plutôt en chorale. Il y avait les grosses citrouilles à la voix de basse qui répétaient sans cesse le message de fond: «on-est-capables-on-est-capables-on-est-capables», sans arrêt, d'une voix monocorde et unifiée qui roulait comme un tambour. Un ostinato, le chant des obstinés. À l'entrée du champ, il y avait les sopranos fluettes aux voix claires comme de l'eau de roche. Elles racontaient, portées par la mélodie, l'histoire des citrouilles des origines jusqu'au jour du jour. Elles disaient comment les peureuses citrouilles qu'elles étaient, au temps du déluge, étaient devenues plus courageuses que tous les Fitz, les Djoubirs et les Ramdams réunis. Elles chantaient les louanges du courage le plus beau, le courage de ceux qui n'ont pas de couteaux. Les altos reprenaient certains passages, soulignant certains mots, insistant sur certaines notes pour s'assurer d'être bien comprises. Les ténors, ces citrouilles en long qu'on prend parfois pour des potirons, s'égosillaient tout au fond du champ, pour donner à l'ensemble le ton d'une véritable comédie musicale:

Νοθσ ετιονσ σι τροθιλλαρδσ
Νοθσ ετιονσ σι ψοθιλλονσ

69

Νοθσ ετιονσ σι ψοθαρδσ
Ον νοθσ μανγεαιτ εν βοθιλλον!
Αττεντιον!

Je vous ai livré le texte en langue ci-
trouillarde. Mais voici ce que donne une
traduction approximative dans un français
correct:

Nous étions si trouillards
Nous étions si couillons
Nous étions si couards
On nous mangeait en bouillon!
Attention!

Et sans cesse ce refrain revenait, hantant
les nuits et les jours des méchants des alen-
tours. Et les horreurs continuaient, on tortu-
rait encore et encore les citrouilles au
courage sans faille. À l'est, au nord, au sud:
HONTE!

Au centre du Warf, comme un nombril
dans le pays, il y avait un donjon. Il était en
bois de rose et demandait beaucoup de soin.
La face nord du donjon se couvrait constamment d'une mousse végétale. La sorcière-pro-
priétaire devait donc raser son donjon tous
les matins. Juchée sur une échelle, son rasoir
à la main, la sorcière ne pouvait manquer
d'entendre les chants des citrouilles et leurs

cris de douleur. Elle rêvait de couper court à ces méchancetés.

C'était une femme d'une grande beauté. Les sorcières n'avaient pas en ce temps-là nez crochus et verrues. Les Fitz s'inclinaient devant elle et la trouvaient fort belle. Les Djoubirs la trouvaient mignonne et lui offraient des pommes à la tonne. Les Ramdams la trouvaient craquante et avaient inventé pour elle le parapente.

Chaque dimanche, la jolie sorcière s'envolait du haut de son donjon, portée par des ailes en toile de parachute. Elle planait ainsi des heures au-dessus du Warf au gré du vent. Pour cette raison, on la croyait au-dessus des horreurs qui s'y passaient. Eh bien, non! La sorcière en avait perdu l'appétit. Elle n'en dormait plus la nuit. Il lui arrivait de tomber de sommeil du haut de son échelle en rasant son donjon. C'en était assez.

Un soir, la sorcière sortit d'un petit baluchon une dose de courage qu'elle y avait laissée lors d'un récent voyage. Elle se boucha le nez et avala le courage d'une traite. Forte de cette nouvelle arme, elle convoqua tous les méchants des environs à une réunion. Ils vinrent pour ses beaux yeux et en eurent pour leur argent. Pendant vingt-sept minutes, la belle sorcière parla. Ses yeux noisette lançaient des éclairs passionnés. Elle raconta la beauté des citrouilles et implora ses voisins de les épargner.

Pendant ces vingt-sept minutes, on aurait pu entendre une mouche voler, si un Fitz ne s'était pas amusé à couper toutes les mouches en quartiers. La sorcière parla avec conviction et quand elle eut fini, il n'y eut que le silence pendant trente longues secondes. Les méchants réfléchissaient. Comme ils n'avaient jamais réfléchi de leur vie, certains se tordaient de douleur: leur cerveau se révoltait.

Finalement, un Fitz se leva et menaça la sorcière de son schlack. Il cria: «Si tu t'avises de te mêler de nos affaires, je te sculpte des lunettes dans ta jolie petite face!» Les autres se mirent à rire en voyant la peur sur le visage de la sorcière. Il suffit bien souvent d'un seul épais. Les méchants partirent, laissant la sorcière à sa peine et emportant avec eux les voiles de parachute en guise de représailles. Cette nuit-là, la sorcière pleura beaucoup et les méchants torturèrent tout autant.

Le lendemain, bien avant l'aube, debout au faîte de son donjon, la sorcière invoqua les forces de la terre. Elle jura sur la tête de sa colonie de crapauds qu'elle accepterait volontiers de perdre pour toujours sa beauté et l'admiration de tous afin que les horreurs du Warf cessent à tout jamais. La terre craqua, couina, eut quelques vapeurs et fit un vent.

Puis les forces terrestres lui accordèrent son vœu. En une fraction de seconde, le temps pour une montre de faire «bip», la sorcière devint repoussante et crochue. Son sourire montrait des dents gâtées, mais c'était un sourire de soulagement. Dans le Warf, la plainte des citrouilles s'était tue. Les Fitz, les Ramdams et les Djoubirs devinrent aussitôt des humains: hommes, femmes et enfants. Et ils se mirent à cultiver des citrouilles, puisqu'elles poussaient si bien.

▲   ▲   ▲

C'est ainsi que les forces de la terre ont arrangé les choses. Mais elles ont quand même fait une petite entorse au vœu de la sorcière: le pays de Warf n'est pas disparu tout à fait. Une journée dans l'année, il renaît de ses cendres. Cette journée-là, les Fitz, les Djoubirs et les Ramdams torturent de nouveau les citrouilles et font beaucoup de bruit dans les rues. Le reste de l'année, les méchants du Warf, de par le monde entier, mangent, boivent, dorment, vont à l'école ou au travail, conduisent des poids lourds ou prennent le métro. Ils sont tout à fait humains, ni meilleurs ni pires que tout ce qui est humain.

En échange de ce jour où les monstres sont rois, où les citrouilles sont vidées, brûlées, placées dans des situations périlleuses sur le bord des fenêtres, en échange de ce jour de souvenir, et pour que jamais on n'oublie jusqu'où l'horreur peut aller, la sorcière qui avait perdu sa beauté garda et garde encore des yeux noisette somptueux dans son visage hideux. Personne ne sait que la sorcière a de beaux yeux. Personne ne l'approche. Elle fait peur, alors on la déteste de loin, peureusement. Pas besoin d'être brave pour haïr.

Nous étions si trouillards
Nous étions si couillons...

La prochaine fois que vous éviderez une citrouille, tendez bien l'oreille, vous entendrez peut-être le chant du courage:

Nous étions si couards
On nous mangeait en bouillon!
Attention!

CARMEN MAROIS

Carmen Marois a perdu ses amygdales à cinq ans mais a toutefois conservé son sens de l'humour. C'est utile dans la vie, car ça sert à se faire des amis, les gens normaux préférant la franche rigolade à la morne tristesse. Carmen Marois a donc beaucoup d'amis mais pas du tout le sens de la réalité. Aussi déteste-t-elle travailler, mais elle adore écrire. Un cas désespéré. Si elle devait encore une fois se réincarner, elle souhaiterait être un nuage qui ne crève jamais.

PRINCIPALES PUBLICATIONS :

Le Piano de Beethoven, Montréal, Éditions
Québec/Amérique Jeunesse, coll. Bilbo,
1991.

Un dragon dans la cuisine, Montréal,
Éditions Québec/Amérique Jeunesse, coll.
Bilbo, 1992.

Muerta del sol, nouvelle dans le collectif
Par chemin inventés, Montréal, Éditions
Québec/Amérique Jeunesse, coll. Clip,
1992.

Le Fantôme de Mesmer, Montréal, Éditions
Québec/Amérique Jeunesse,
coll. Bilbo, 1993.

Les Botero, (histoires drôles), Montréal,
Éditions Québec/Amérique Jeunesse, coll.
Clip, 1993.

LE
MARCHAND
DE
RÊVES

C'est une ville grise et sans intérêt, encoconnée dans un brouillard épais et une nuit quasi permanente. Un curieux petit autobus s'y arrête toutes les semaines. Il stationne invarablement au même endroit, à l'angle des rues Baldassare et de la Commune, les deux artères commerçantes de la ville, directement en face du parc Alexandre, celui qui sépare le centre des affaires des quartiers résidentiels.

Arrivé à dix heures, le véhicule étrangement bariolé de jaune, d'orange et de bleu vif, reste rarement plus de deux heures. Une foule silencieuse, uniformément vêtue de noir, s'approche alors. Elle fait patiemment la queue afin de choisir ses rêves, ou pour remettre les rêves empruntés la semaine précédente.

Les habitants taciturnes de cette petite ville triste ont ainsi la possibilité d'apporter chez eux toutes sortes de rêves. Ils les choisissent selon leurs goûts ou selon leur humeur.

Rêves romantiques ou psychédéliques, maçonniques ou techniques, en version intégrale ou condensée, selon le temps qu'ils désirent y consacrer.

Le rêvibus offre aux usagers des rêves fabriqués sur mesure: il suffit de les commander une semaine à l'avance. Ou encore des bouts de rêves à tricoter ou à broder. Il offre même la possibilité d'acquérir à peu de frais une mère de rêve, comme d'autres achètent une mère de vinaigre. À partir de cette mère de rêve, il est possible d'élaborer à l'infini ses propres fantasmagories.

En ce matin du 31 octobre, veille de l'Halloween, la foule se presse, nombreuse, malgré la pluie drue qui bat violemment le sol et un méchant vent d'ouest qui fouette sans ménagement les peupliers dénudés. La sombre foule se masse autour du drôle de véhicule dont les couleurs vives contrastent heureusement avec la grisaille alentour.

Le marchand de rêves est débordé. C'est un gros homme trapu, au visage rubicond, arborant fièrement une luxuriante moustache poivre et sel, à faire pâlir d'envie un schnauzer. Avec les gestes économes et précis que confère un métier longtemps pratiqué, le commerçant s'empresse de satisfaire les demandes, nombreuses et variées. Il doit ranger, classer, étiqueter, identifier minutieusement chaque rêve ou bribe de rêve selon sa taille, sa forme, sa durée, son sujet et ses couleurs. Un travail énorme, qui ne lui laisse aucun répit.

La sueur perle sur son front, dégoutte sur ses joues, se prend dans les poils broussailleux de sa moustache. Il s'accorde quelques secondes pour sortir son grand mouchoir gris, brodé de deux initiales enlacées: WB. Il s'éponge le front, les lèvres. Essuie ses grosses bacchantes avant de se pencher vers la cliente suivante: une vieille femme au visage décharné et couverte de haillons.

Le gros marchand prend le temps de ranger son mouchoir. Il profite de cet instant pour détailler cette nouvelle venue. Il ne la connaît pas. Il ne l'a jamais vue. La vieille a des yeux vifs, noirs et terriblement mobiles, comme si elle voulait tout absorber avec ces yeux-là. Ses mains sont maigres, osseuses, presque squelettiques et sillonnées de grosses veines bleues, gonflées.

C'est tout ce qu'elle laisse apercevoir de son anatomie. Pour le reste, elle disparaît tout entière sous ses loques. Un grand châle élimé, aux couleurs passées, lui masque le visage.

Le marchand de rêves exerce son métier depuis trois décennies. Il se targue de connaître chacun de ses clients. Il répugne à confier ses précieux rêves, même les lambeaux de ceux-ci, à des inconnus. Il lui a fallu de nombreuses années, et surtout beaucoup de patience, pour parvenir à rassembler cette collection onirique et unique. L'homme est donc très pointilleux sur la qualité de sa clientèle.

Cette femme... Cette «guenilleuse»... Cette loqueteuse... ne lui inspire aucune confiance. C'est qu'il est méfiant, le marchand, après toutes ces années!

Il renifle dédaigneusement, plisse le nez de manière significative. La grosse moustache menaçante, il se penche vers l'inconnue, à qui il demande sans aménité:

— Vous désirez?...

«Une cliente est une cliente», ne cesse de lui répéter une petite voix dissimulée au fond de sa conscience mercantile.

— Du rêve, répond la vieille.

Sa voix est aigre et sifflante. On dirait un serpent qui s'apprête à mordre.

— Vous louez et vendez du rêve, à ce qu'on m'a dit, ajoute la vieille en braquant son regard noir sur le marchand.

— On le dit et c'est vrai, rétorque l'homme de sa grosse voix rude de campagnard.

Il se sent mal à l'aise. Le col empesé de sa chemise devient soudainement trop étroit. L'empois lui irrite la peau, qu'il a tout de même sensible.

— Je suis venue pour les rêves, insiste la vieille.

Son impressionnante moustache de schnauzer tressautant d'indignation, le marchand de rêves s'enquiert soupçonneusement:

— Vous n'êtes pas du coin?...

Il désirerait mettre fin à cette conversation, le plus rapidement possible. Car la foule qui s'agglutine derrière l'inconnue commence à montrer quelques signes d'impatience et de mauvaise humeur. Il lui faut liquider l'affaire au mieux, au plus vite.

— Non, répond l'inconnue en prenant tout son temps. Je ne suis pas d'ici. Je suis de nulle part. Je viens, je vais... Au gré de mon humeur et de ma fantaisie... Non, je ne suis pas d'ici.

Décidément, cette petite vieille ne lui dit rien qui vaille. Il n'aime pas les itinérants. Ceux qui sont sans feu donc sans loi. Les individualistes. Les étrangers. Comment se fier à eux?

Comment être sûr de tels individus? On ne prête pas ses rêves à n'importe qui. Comment savoir si la vieille ne s'enfuira pas avec, à mille lieues de toute terre connue?

Le marchand se frotte les mains, passe un doigt boudiné derrière le col de sa chemise.

— Ne vous en faites pas, lui lance la vieille, interrompant brusquement ses réflexions. Je vous les rapporterai, vos rêves. Au complet. Sans accroc, sans anicroche. Je m'installe dans la région pour quelque temps.

— Ah bon! soupire le marchand.

Mais aussitôt ses doutes refont surface.

— C'est tard l'automne... marmonne-t-il. Bientôt l'hiver... Pas vraiment un temps pour rester...

Le ton est bourru, mais déjà moins coupant.

— Je reste, insiste la vieille, butée. Il n'y a que les imbéciles pour se préoccuper du temps qu'il fait ou qu'il ne fait pas. Pour moi, la chaleur et le froid, le soleil et la pluie, l'été et l'hiver, c'est du pareil au même.

Le malheureux marchand se dandine sur un pied, puis sur l'autre. Il agite nerveusement sa moustache broussailleuse et grommelle quelques syllabes indistinctes. Des paroles d'impatience s'élèvent de la foule à présent plus nombreuse massée autour du rêvibus. Il faut prendre une décision.

— Bon, dit finalement le marchand.

Il a l'impression de se jeter en bas d'une falaise.

— Quel genre de rêves désirez-vous?

— Je voudrais un cheval ailé, un seau rempli de lumière dorée... Enfin, je désirerais un bateau qui parle mais qui ne vogue que sur l'émeraude.

Surpris, le pauvre marchand s'étrangle, manque d'avaler sa moustache chérie. Il y a pourtant longtemps qu'il pratique ce métier qu'il tient de son père et, avant lui, de son grand-père. Il sait qu'on ne demande plus ce type de rêves depuis une éternité.

D'où peut bien sortir cette drôlesse? Comment connaît-elle l'existence de ces rêves idiots? Et puis comment est-elle assez sotte pour les demander d'une voix aussi forte, quand tout le monde peut l'entendre? Un murmure étonné parcourt la foule. Quelques exclamations fusent parmi la populace jusque-là plutôt silencieuse.

Les usagers du rêvibus commandent de beaux princes et de belles princesses, des voitures luxueuses pour une ou plusieurs personnes, des châteaux somptueux, des vêtements précieux, des bijoux rutilants. Cette sorte de choses!

Mais des chevaux ailés! Des seaux remplis de lumière dorée! Des bateaux qui parlent! Foutaise que tout cela! Des broutilles, des enfantillages que plus personne ne songe à commander!

Le malheureux marchand s'éponge nerveusement le front et le cou. En lui-même, cependant, il est heureux. Il va enfin pouvoir tirer ses vieux rêves de la boule à mites. Ses rêves oubliés, empilés dans une vieille malle abandonnée dans un coin, au fond du véhicule.

«Quelle importance que la vieille oublie ou non de rapporter les rêves qu'elle emprunte. Plus personne de nos jours ne réclame cette sorte de rêves.» Ainsi réfléchit le marchand en farfouillant.

Après avoir longtemps cherché, le gros homme reparaît, plus rouge et plus ruisselant que jamais, avec les rêves commandés. Un éclair de lumière illumine un court instant le centre gris de la ville triste. Mais très vite la vieille femme enfouit les rêves sous ses nombreux haillons.

Elle remercie et part en trottinant. Elle traverse le parc désert où un vilain vent d'ouest la bouscule et tiraille ses pauvres vêtements.

▲   ▲   ▲

Certains badauds affirment avoir vu un arc-en-ciel le premier novembre. Il serait un court instant apparu dans le firmament. Bien peu de personnes croient à cette histoire. Il y a belle lurette que les arcs-en-ciel n'existent plus que dans les légendes!

▲   ▲   ▲

Comme promis, la vieille loqueteuse rapporte ses rêves la semaine suivante. Elle fait alors une nouvelle demande au marchand médusé:

— Je voudrais commander un oiseau de feu, une boîte à musique enchantée ainsi qu'une pierre de lune magique.

Elle parle toujours aussi fort, malgré une voix en apparence ténue. Et toujours aussi, elle repart, seule et fragile, à travers le parc déserté.

Elle revient ainsi ponctuellement durant tout le mois de novembre. Puis en décembre et en janvier aussi. Toujours elle demande les rêves les plus bizarres, les plus farfelus, les plus inusités. Et chaque fois un phénomène étrange se produit dans la ville du brouillard.

D'abord on aperçoit des comètes brillantes illuminant le ciel, tels de véritables feux d'artifice. Des chants d'oiseaux inconnus, fort mélodieux, emplissent l'air. Les animaux se mettent à parler et les gens, à sourire. Peu à peu, le brouillard qui étouffait la ville commence à se dissiper.

À la grande joie du marchand de rêves, la ville change lentement, mais inexorablement. Elle devient lumineuse. Les habitants se mettent à repeindre leurs maisons de couleurs vives, à s'habiller d'étoffes chatoyantes, aux teintes brillantes.

Le gros commerçant sait que la ville s'est métamorphosée lorsque les gens se mettent, à leur tour, à réclamer des rêves inusités. Finis les rêves de puissance, de séduction, de pouvoir et d'argent.

L'homme voit sa tâche augmenter. Il doit épousseter ses vieilles malles, restaurer ses rêves anciens, mettre au rancart des rêves trop longtemps réclamés par la population.

On se presse autour de son curieux véhicule, on se bouscule, on réclame des manèges enchantés, des tirelires magiques, des poussières d'étoiles, des châteaux de sable d'or. De triste, la ville devient gaie et souriante.

C'est à ce moment que, débordé, le marchand constate que la vieille ne vient plus lui réclamer de rêves.

ÉLISABETH VONARBURG

Je vis à Chicoutimi dans une tour défendue par une armée de cinq chats. Le matin nous mangeons souvent de la pizza et des spaghettis sauce tomate froids. Derrière chez moi, il y a un jardin, et les oiseaux y volent haut à cause des chats, sauf que mes chats doivent voler quand je ne regarde pas parce qu'ils me ramènent des oiseaux - vivants! Mes chats s'appellent Mimigri, Grosmimi, Grandmémé (c'est l'ancêtre des deux autres), Titi (il est tout blanc) et Sushi (elle est toute noire). Ils viennent tous quand je crie «MIMI!», de toute façon, ou quand je siffle. À part mes cinq chats, l'autre gardien de la maison est un ordinateur appelé Arthur, qui m'aide à écrire mes histoires, enfin je le lui laisse croire, ça lui fait plaisir.

La vie d'écrivaine, y a pas de doute, c'est une aventure formidable.

Principales Publications:

Histoire de la Princesse et du Dragon,
Montréal, Éditions Québec/Amérique
Jeunesse, coll. Bilbo, 1990.

Ailleurs et au Japon, (nouvelles), Montréal,
Éditions Québec/Amérique, 1990.

Chronique du Pays des Mères, Montréal,
Éditions Québec/Amérique, 1992.
**Grand Prix Logidec de la science-fiction et
du fantastique québecois (Québec), 1993.
Prix Création du Gala du livre
(Saguenay-Lac-Saint-Jean), 1993.**

*Les Contes de Tyranaël,*Montréal, Éditions
Québec/Amérique Jeunesse,
coll. Clip, 1994.

LA
LOUÏNE

t toi, Mirka, en quoi tu vas te transformer pour la Louïne?»

Mirka hausse les épaules en essayant de prendre un air mystérieux. Il avait beau se faire tout petit dans son coin, il savait bien que la question finirait par lui être posée. Il les regarde tour à tour, Rodge et sa peau noire zébrée de blanc, Marni et ses fines écailles aux reflets nacrés, et Pardell avec sa mince queue de singe qui fouette l'air comme si elle était douée d'une vie indépendante, et cette exaspérante expression de supériorité – être capable de garder sa queue même quand il est sous forme humaine, ça ne le rend sûrement pas plus intelligent!

Ce que Pardell confirme en plaisantant: «Mirka fera comme d'habitude, hé, Mirka? Quelque chose avec des poils, un peu plus longs, et... quoi, verts, peut-être, cette fois-ci?»

Mirka se redresse, et sa fourrure noire se hérisse un peu, mais ça ne se voit pas trop

97

parce qu'il fait sombre dans la petite caverne où la bande a coutume de se réunir. La métamorphose qui lui vient le plus aisément, c'est la fourrure, et les animaux à fourrure. Il ne lui a jamais été difficile de rester toujours métamorphosé en partie, comme on l'exige d'eux depuis qu'ils ont quatre ans; il n'a même pas besoin d'y penser, contrairement à nombre de ses camarades pour qui c'est encore un effort de chaque instant. Depuis qu'il est tout petit, il entend toujours la même moquerie: «De toute façon, Mirka est né avec de la fourrure, c'est juste une bestiole qui s'est trompée en naissant sous forme humaine!»

Pardell ne plaisante pas méchamment, c'est plus une habitude, presque un réflexe, Mirka le sait, et il ne va pas se laisser réagir de la même façon, il est au-dessus de ça depuis longtemps.

«Vous en faites tout un plat, de la Louïne, on n'est plus des bébés, quand même!»

Il s'arrête juste à temps avant de dire qu'après la fête ils seront considérés comme des grands: Pardell trouverait bien moyen de faire l'autre plaisanterie habituelle, même si le passage se fait en accord avec les capacités de chacun, et n'a rien à voir ni avec l'âge ni avec la taille. Mais Mirka a l'habitude: il est le plus jeune, et le plus petit, il l'a toujours été depuis qu'il a commencé l'école, et parfois il se dit qu'il le sera toujours.

«On ne se transforme plus comme des bébés non plus», réplique Pardell, «on le fait tout seuls. C'est ça qui t'ennuie, Mirka, avoue, qu'on n'ait pas de Guide du tout pour cette Louïne-ci!»

Mirka hausse de nouveau les épaules: il ne va pas répondre à ça non plus, c'est vraiment trop gros, il y a longtemps qu'ils n'ont plus vraiment besoin de Guides, ni les uns ni les autres. D'ailleurs Pardell le sait bien, qui enchaîne: «Moi, ce sera avec de vraies griffes, en tout cas, rétractiles et tout.» Il voulait en venir là, se vanter: sa spécialité, c'est de greffer des caractères animaux à la forme humaine, ce qui implique des transformations plus compliquées qu'il n'y paraît: un chien, un chat ou un cheval ont ce qu'il faut non seulement pour se faire pousser une queue mais pour s'en servir – à plus forte raison les singes – mais le cerveau des humains n'a rien, lui, qui serve à gérer cette espèce de membre supplémentaire! Et des griffes rétractiles... la main humaine n'est pas plus conçue pour en avoir que le cerveau humain pour les gérer. Des griffes fixes, ou des serres, oui, ce n'est pas très difficile: après tout, la modification à faire subir aux ongles est minime – Mirka le fait couramment, ou Marni, qui affectionne les oiseaux.

«Moi, je ne sais pas trop», dit justement Marni. «Quelque chose avec des plumes, c'est sûr, mais je n'ai pas encore décidé la couleur.» Elle tend une main devant elle, et au bout de quelques instants les contours semblent se brouiller, tandis que les écailles lisses disparaissent pour laisser place à un fin duvet, comme sur un poussin, mais d'une couleur hésitante, d'abord d'un bleu vaguement verdâtre, qui vire au jaune très clair, poussin, justement, pour revenir à un bleu franchement vert. «Je voudrais bleu franc, mais je n'arrive pas à stabiliser.»

«Je serais toi, je resterais dans le jaune», dit Rodge. «Ou alors le roux. Ça fait plus naturel.»

«Mais justement, c'est trop facile!» proteste Marni.

«C'est la texture qu'ils regardent, vous savez bien, plus que les couleurs», intervient Pardell en détachant les syllabes de «texture» – il aime bien les mots techniques, il est toujours en train de singer les Guides. «Rodge a choisi une couleur uniforme, et je trouve qu'il a raison. Sinon, ça distrairait de la texture. Montre-lui, Rodge.»

Rodge rougirait s'il pouvait – les compliments de Pardell sont rares. Sur son visage, les marques blanches symétriques qui lui entourent les yeux et lui zèbrent les joues s'atténuent et disparaissent tandis que sa peau maintenant entièrement noire se couvre de petites bosses rondes, disposées en formations régulières. Mirka a beau l'avoir déjà vu faire, il est impressionné: la transformation est beaucoup plus rapide qu'avant, Rodge a dû pratiquer en cachette. Quelle sorte d'animal peut bien avoir une peau de cette sorte? Mais ça, Rodge ne le dira pas: ce en quoi on se transforme pour la Louïne doit rester un secret jusqu'au soir de la fête. Même si, entre amis, on peut bien se montrer quelques trucs, comme la texture de la peau, et même si on sait bien quelle est la métamorphose préférée de chacun – mais justement, pour la Louïne, il faut se forcer, inventer, surprendre: l'idéal, c'est que personne ne vous reconnaisse avant minuit.

Marni tend un doigt toujours couvert de duvet de plume, effleure le bras de Rodge: «Ça fait drôle, quand même, de la peau en relief!»

«Attends», dit Rodge. Il ferme les yeux à demi, pour se concentrer, et les petites bosses rondes bougent lentement sur sa peau pour former des lignes, des signes… des lettres majuscules: M… A… R…

Marni se met à rire: «Oh dis donc, ça serait drôlement pratique pour se passer des messages en douce!»

«Il ne va pas assez vite pour ça», dit Pardell, «mais c'est vrai, Rodge, tu devrais t'entraîner à ça aussi.»

«Et toi, alors, Mirka?» dit Rodge: il n'aime pas être trop longtemps le centre de l'attention, même celle de Pardell, Mirka le comprend bien mais ne peut s'empêcher de lui en vouloir – il espérait qu'ils continueraient à discuter de leurs métamorphoses à eux et qu'ils l'oublieraient. Il se lève et s'étire, en se dissimulant une fois de plus derrière un «Vous verrez bien» mystérieux dont il n'est pas sûr que les autres soient vraiment dupes, surtout Pardell.

«De toute façon», enchaîne-t-il pour essayer de dévier la conversation, «je trouve qu'on ne devrait pas faire autant d'histoires. Ils le savent bien, les Guides, de quoi on est capables, ils n'ont pas besoin de la Louïne pour le voir. Comme si on n'avait pas assez de devoirs et d'examens pendant toute l'année, il faut encore se transformer pour la Louïne, en plus!»

«Ce n'est pas un examen!» proteste Marni, «c'est une fête!»

«Mirka n'a pas tout à fait tort, remarquez», dit Pardell de façon inattendue. «Mais c'est plus un rituel qu'autre chose, maintenant. Une tradition», ajoute-t-il, en sentant que le terme «rituel» n'éveille aucun écho chez ses compagnons. «Mon grand-père m'a dit que dans le temps, c'était beaucoup plus sérieux, une véritable épreuve.» Sa voix baisse d'un ton: «On décidait qui restait ici au village et qui s'en allait chez les Immuables.»

Était-ce là que Pardell voulait en venir, alors? Mirka dit ce qui lui passe par la tête, «Quoi, une épreuve?», il ne veut pas sentir le battement soudain accéléré de son cœur et sa gorge serrée, il ne veut pas laisser s'installer après le mot «Immuables» le silence que Pardell espérait sûrement.

«Ça avait lieu à trois-quatre ans, pas à la naissance. Dans le temps, avant cet âge-là, ils ne savaient pas qui était capable de se transformer. La mutation n'était pas stabilisée.» Comme presque toujours quand il utilise les termes techniques, la voix de Pardell imite celle de Loro, leur Guide principal; il n'en a sûrement même pas conscience et, en d'autres circonstances, Mirka sauterait sur l'occasion pour se moquer de lui, mais il sent que ses compagnons sont fascinés et lui en voudraient de faire dérailler la discussion. Il dit quand même, d'un ton plus maussade qu'il ne le voudrait: «On sait tout ça.»

«Non, non, reprend Pardell, ils nous ont expliqué ce que c'était, qu'il s'est mis à naître des enfants avec des capacités différentes, la mutation et tout, mais ce qu'ils ne nous ont jamais dit, c'est comment ils faisaient la sélection, au début, quand tout le monde n'était pas un mutant. Et mon grand-père m'a dit que c'était à la Louïne. Une grande cérémonie, très impressionnante, avec des grands feux, des torches, la nuit, tous les adultes se mettaient en cercle, avec les petits au milieu, et alors ils les influençaient pour qu'ils se transforment, et ceux qui se transformaient, ils les gardaient, mais pas les autres.»

Cette fois Mirka ne sait pas quoi dire pour rompre le silence qui s'abat sur le petit groupe. Ce n'est pas le même silence, de toute façon, il est plus incrédule et scandalisé qu'effrayé. On n'influence pas les gens malgré eux, même des bébés, ça ne se fait pas! Mirka peut voir la réaction de ses amis dans les couleurs zigzagantes des émotions de Rodge, le sentir dans l'odeur de pain brûlé qui émane de Marni, et les autres perçoivent sa réaction dans son aura émotionnelle à lui aussi, tout comme ils perçoivent l'aura satisfaite qui environne Pardell.

La première leçon qu'on apprend au village, par simple expérience, avant même d'aller à l'école, c'est qu'on sent les émotions d'autrui comme si c'étaient des perceptions. Une des conséquences de la mutation: de la même façon qu'on peut percevoir le fonctionnement de son propre corps jusque dans le plus petit détail interne, on peut aussi percevoir celui d'autrui, quoique moins clairement, et en particulier sentir les modifications chimiques infimes qui accompagnent les émotions, à l'extérieur bien sûr – de la sueur ou des larmes, ce n'est jamais bien difficile à percevoir! – mais aussi à l'intérieur, ce qui produit la sueur, ou les larmes. Le cerveau établit très vite des équivalences entre émotions et perceptions, différentes pour chacun; pour Mirka, ce sont essentiellement des couleurs et des odeurs qu'il a appris à interpréter chez les autres comme du plaisir, du chagrin, de la colère, de la curiosité... Marni, comme Pardell, perçoit surtout des impressions tactiles; Rodge entend plutôt des sons – pour lui, chaque personne a une sorte de musique intérieure spécifique, avec des rythmes et des tonalités qui changent avec les humeurs. Mais malgré les explications répétées de son ami («c'est comme tes couleurs et tes odeurs, Mirka, ça ne t'empêche pas de faire la différence avec les vraies couleurs et les vraies odeurs, tu fais le tri automatiquement, non?»), Mirka a du mal à imaginer ce que ça peut faire d'être dans la tête de Rodge, avec toutes ces musiques, tout le temps!

Rodge a raison, pourtant, on apprend à comprendre les autres, ça devient automatique, on n'y pense même plus. Comme on ne pense presque plus à essayer de contrôler ses propres émotions, au bout d'un moment – la ritournelle des Guides, à la petite école, «N'émotionne pas!», Mirka l'a entendue plus souvent qu'à son tour.

Mais l'autre leçon de la petite école, la vraie leçon, c'est celle-ci: on ne doit jamais, jamais, JAMAIS, essayer de contrôler le corps de quelqu'un d'autre. La démonstration est simple, et les Guides ne la font qu'une fois. Mirka avait trois ans, l'âge où l'on commence à se rendre compte qu'on peut justement influencer les émotions d'autrui en jouant avec les siennes, même d'une façon rudimentaire. Il se rappellera toujours la leçon. La terreur aveugle, brutale, incompréhensible, qui s'est abattue sur lui comme sur tous ses camarades dans la petite salle pourtant inondée de soleil. À travers l'horrible cacophonie de couleurs et d'odeurs qu'il avait soudain perçues, toutes ses terreurs de la nuit lui étaient soudain tombées dessus, tous les monstres venus pour déchirer, démembrer, dévorer, et qui font semblant d'être des ombres de vêtements suspendus devant la fenêtre de la chambre, dans la pénombre. Complètement paralysé, avec une certitude absolue, abominable, il avait *su* qu'il allait mourir, et que ça allait être très long, très lent, et très, très douloureux. Et puis tout avait disparu.

Si brusquement que ça avait presque fait aussi mal et, comme tous les autres, Mirka avait éclaté en sanglots et il avait pleuré longtemps, tandis que les Guides attendaient, les bras croisés.

Les explications étaient venues ensuite. Les émotions, surtout les émotions fortes, s'accompagnent d'émissions de substances invisibles et pourtant perceptibles, les phéromones (Mirka avait compris *les fées Romones*, mais avait été détrompé, et déçu, en voyant le mot écrit au tableau). Les Guides, qui maîtrisent parfaitement les capacités de leur propre corps, s'étaient délibérément fait subir les transformations intérieures que suscite la terreur, pour produire les phéromones de la peur. C'étaient ces phéromones qui avaient été perçues par les enfants et qui les avaient en quelque sorte contaminés malgré eux, leur faisant ressentir pour de vrai les émotions simulées intérieurement par les Guides: parce qu'ils étaient plus forts et plus habiles que les petits, les Guides les avaient forcés à se mettre *en phase* avec eux; d'une certaine façon, ils avaient pris possession de leurs corps.

Et au village, c'était le mal absolu.

Loro avait conclu en martelant ses mots d'une voix sévère, avec une expression sévère, et en émettant les émotions qui allaient avec: «*Personne ne le fait, jamais, en aucune circonstance.* Le châtiment est simple, et sans appel: on est chassé du village.»

Plus tard, quand il avait commencé les leçons de métamorphose, Mirka avait bien réalisé que les Guides utilisaient un procédé semblable, pourtant. Mais il avait fini par comprendre que ce n'était pas du tout la même chose. Dans la transe d'apprentissage, quand le Guide explique aux disciples l'intérieur de leur corps et comment tout y est relié, comment si on change *ça, ici,* ça changera *ça, là,* les disciples et le Guide sont d'accord pour être en phase, réglés les uns sur les autres: ce n'est pas l'un qui fait quelque chose aux autres malgré eux, ils le font *ensemble,* et en complète confiance. Une confiance qui ne pourrait pas exister si n'existait la certitude absolue qu'aucun Guide, *jamais, en aucune circonstance,* n'essaierait de manipuler un disciple en manipulant les fonctionnements de son corps liés aux émotions...

On peut mentir, bien sûr – ça, c'est une leçon que personne n'a besoin de donner, et Mirka l'a apprise peut-être plus tôt que d'autres. On contrôle son propre corps, on maquille ses propres émotions, pour empêcher les autres de savoir qu'on a honte, qu'on a peur, qu'on a mal. Pas très bien vu, ce type de mensonge, mais comment l'empêcher? C'est de toute façon bien moins grave que de forcer quelqu'un à se mettre en phase contre son gré. D'ailleurs, il y a la version acceptable, et acceptée, qui est de simplement présenter une surface lisse, neutre – indéchiffrable («N'émotionne pas, Mirka!»). On appelle ça «politesse», au village, et c'est vrai, si on ne se contrôlait pas, quelle cacophonie de perceptions pour chacun dans les émotions de tous! Les adultes sont très habiles à cette discipline, et Mirka sait qu'il a encore bien du chemin à faire pour les égaler.

C'est Rodge qui rompt le silence après la déclaration de Pardell: «Ils les *obligeaient* à se métamorphoser? Ils les *forçaient à se mettre en phase*? Mais c'est *défendu!*»

«Pas dans le temps», réplique Pardell, visiblement content de lui, «parce que c'était nécessaire. Grand-Père dit qu'à l'époque, les tout-petits étaient un peu comme des chenilles de papillons dans un cocon, sauf qu'ils ne pouvaient pas en sortir tout seuls, de leur cocon. Il fallait les aider à en sortir, et ça prenait les Guides pour le faire. Alors, à la Louïne, on rassemblait tous les petits, et on les influençait. Enfin, Grand-Père dit "induisait", les Guides servaient d'"inducteurs", mais c'est la même chose. Ils les mettaient de force en phase, et là, ceux qui étaient capables de se métamorphoser le faisaient, et les autres non, et comme ça les

Guides savaient qui garder et qui envoyer chez les Immuables.»

La répétition a un peu usé le choc initial, et c'est un silence pensif qui suit les paroles de Pardell.

«Mais maintenant on n'en a plus besoin», dit Marni. «On le sait à la naissance, avec le test de la coupure.»

Mirka ne l'a jamais vu lui-même, et bien sûr il ne se rappelle pas quand on le lui a fait, mais Marni a une nombreuse famille, et elle lui a raconté: quand le bébé est né, on lui fait une petite incision dans la main, et si ça se referme tout de suite sans saigner, c'est bon, l'enfant a la mutation, il sera capable de se métamorphoser – c'est un *métamorphe*, comme disent les Guides.

Pardell hoche doctement la tête: «Oui. C'est pour ça que la Louïne est seulement une fête, maintenant, une tradition: ce n'est plus si important. Mais ce n'était pas comme ça avant que la mutation se soit stabilisée. Enfin, Grand-Père dit qu'elle a changé, ce n'est plus la même qu'au début. Mais le résultat est pareil, on le sait tout de suite. Alors qu'avant...»

Et il laisse traîner sa voix et l'imagination des autres s'emparer des scènes qu'il a évoquées – la nuit, les torches, les brasiers, le cercle des Guides autour du groupe apeuré des tout-petits... Il y a des tas de façons légales d'influencer les autres, en leur racontant des histoires, par exemple – et quand il se sent moins directement concerné, Mirka reconnaît ce talent à Pardell. Mais le mot «Immuables» est revenu trop souvent dans la conversation pour ne pas l'inquiéter. Oh, il n'en ressent plus autant d'angoisse que lorsqu'il était petit – Rodge et Marni et même l'exaspérant Pardell sont ses amis, il a confiance en eux. Mais c'est plus fort que lui, quand on parle des Immuables, il se recroqueville intérieurement – en essayant de le dissimuler, bien sûr. Son père est un Immuable, tout le monde le sait au village.

«Ce n'est pas un crime d'être un Immuable», lui a expliqué Grand-Mère, le jour où, tout petit, il s'était réfugié près d'elle, en larmes après les moqueries des autres (avant l'amitié, avant Rodge, et Marni, et Pardell). «Ne fais pas attention à ce qu'ils disent, ce sont simplement des ignorants. Tu n'es ni le premier ni le dernier à avoir un Immuable pour parent. C'est rare maintenant, voilà tout, et c'est peut-être dommage. Être un Immuable, ne pas pouvoir se métamorphoser, ce n'est ni un crime ni une maladie. On est *différent*, Mirka. On n'est pas moins bon, ni meilleur, parce qu'on est différent – on est juste différent. Les Immuables sont différents pour vous, mais vous êtes aussi différents pour les Immuables, penses-y. Et puis, un Immuable, c'est aussi bien qu'un méta-morphe, la preuve: ta mère et ton père se sont assez aimés pour t'avoir ensemble.»

Mais pas assez pour *rester* ensemble. Mirka ne l'avait pas dit – Grand-Mère le savait bien, elle savait tout, et aussi que Mirka habitait dans la Maison des enfants parce que sa mère ne voulait pas vivre au village et qu'il ne pouvait pas vivre avec elle dans la montagne. Mais ça, c'était une autre cause de chagrin, il ne voulait pas y penser davantage. Alors il s'était contenté de reni-fler en s'installant plus confortablement con-tre le tronc de Grand-Mère, et il s'était en-dormi en écoutant la musique de ses feuilles et de ses branches agitées par la brise.

Non, il n'y aura sûrement pas d'attaque en traître de la part de Rodge, ni de Marni, et Pardell, tout exaspérant qu'il soit, s'arrête toujours avant de faire mal. Après tout, s'il pense aux Immuables, ce n'est pas forcément à cause du père de Mirka, mais peut-être seulement parce qu'à la Louïne, les gens du village et ceux du village des Immuables font la fête ensemble. Les enfants des Immuables se déguisent – quelquefois, Mirka les envie: c'est tellement plus simple et plus facile que de se métamorphoser! D'ailleurs, il se dit souvent que toute la vie des Immuables doit être plus facile – en tout cas, mentir est bien plus simple pour eux, ils n'ont qu'à parler ou à se taire, pas de *phéromones* vagabondes pour les trahir!

«Eh bien, je suis drôlement contente de ne pas vivre dans l'ancien temps!» dit Marni, mettant un point final aux méditations communes, et aux inquiétudes de Mirka. Elle se lève, en se courbant un peu pour ne pas se heurter à la voûte de la caverne – c'est elle la plus grande du groupe: «Allez, on rentre, il faut que j'aide Mère Sonje à faire les gâteaux. À voir la quantité qu'elle a prévue, on jurerait qu'elle veut nourrir tout le monde à elle toute seule!»

Au sortir de la caverne, tandis que les autres s'éloignent, Mirka hésite. Ils vont chez eux, mais chez lui, c'est la Maison des enfants. Il a beau y avoir sa propre chambre, il n'a jamais eu l'impression que c'était «chez lui». Il n'a pas envie de rentrer, de voir les autres, de subir leur curiosité – moins délicate que celle de ses amis. Il n'a pas envie de voir Mère Domni, qui est la mère de tous les enfants de la Maison mais d'aucun en particulier. Il n'a surtout pas envie de se retrouver entre les murs de sa chambre et de penser à ce qu'il va faire pour la Louïne – parce qu'il ne sait vraiment pas ce qu'il va faire pour la Louïne, quelle métamorphose spéciale il pourrait bien inventer, et c'est dans trois jours! Il voudrait que la Louïne n'existe pas. Il voudrait... ne pas avoir à se métamorphoser, voilà! Mais cela, il ne pouvait pas le dire à ses amis – il ose à peine se l'avouer à lui-même.

Ses pas ont choisi pour lui: ils l'ont entraîné du côté de la forêt où se trouve l'arbre qui est Grand-Mère. On ne sait pas de qui elle est la grand-mère, ni même si c'en est une, quoique elle est si vieille qu'elle pourrait être la grand-mère de tout le monde au village: elle a toujours été là, et tout le monde l'appelle Grand-Mère – si elle a un autre nom, elle ne l'a jamais dit à personne. C'est une métamorphe, voilà tout ce que l'on sait. Pour des raisons que personne ne connaît non plus, qu'elle n'a jamais confiées à personne, et que personne n'oserait lui demander, elle a décidé un jour de devenir un arbre. Quand Mère Domni a expliqué cela à Mirka, après qu'une de ses longues promenades dans la forêt lui eut fait découvrir Grand-Mère, il a ouvert de grands yeux: selon sa taille et son poids – et ses capacités, bien sûr – on se transforme en animal, n'importe quelle sorte d'animal, mais se transformer en plante? Comment fait-on, d'abord? Avec les animaux, c'est facile, surtout une fois qu'on a suivi les leçons des Guides et qu'on comprend ce qui se passe à l'intérieur d'un corps: on se met en phase avec l'animal, et, ma foi, on copie; au bout d'un certain temps, on a l'habitude, et on peut se passer du modèle. Mais se mettre en phase avec une plante? Bien sûr les plantes, comme les humains et les animaux, sont vivantes et suivent un plan bien défini pour pousser, un plan qu'il doit être possible de retrouver en elles et de copier, mais c'est vraiment un plan très différent de celui des créatures mobiles... Et puis, qui voudrait être une plante, fixée dans le sol, même quelque chose d'aussi grand qu'un arbre?

Eh bien, apparemment, Grand-Mère a voulu, ou elle a voulu essayer et elle a dû aimer l'expérience car elle est restée un arbre. Ou enfin, presque un arbre. Elle a fait subir aux cellules de sa chair des modifications considérables pour la rapprocher du végétal, et son corps a disparu sous sa peau devenue écorce, et des branches lui ont poussé, avec des feuilles qui ne tombent jamais l'hiver, un peu plus mobiles que ne devraient l'être celles d'un vrai arbre (Mirka a vu l'une de ces branches écarter, comme un fouet, un jeune cerf qui la broutait avec trop d'appétit). Mais quelque part à travers les feuilles, et l'écorce, et le bois, il reste un cerveau humain, si métamorphosé soit-il pour survivre et fonctionner dans une enveloppe en grande partie végétale. Il reste une personne, qui s'appelle Grand-Mère, qui pense et qui ressent des émotions; et, même si c'est un peu compliqué de lui parler parce que son temps coule plus lentement que celui des humains, Grand-Mère est l'amie de Mirka, plus peut-être que Pardell, Rodge, ou même Marni: elle, il peut tout lui dire.

Mirka s'approche du tronc et, de son index replié, il tape le signal qui est son nom dans le langage que Grand-Mère lui a appris – bien que ce langage porte curieusement un nom d'animal, *morse*, il a été inventé par les humains, à l'aube des temps. Mirka pourrait attendre que Grand-Mère le voie ou l'entende, puisque toute la surface de l'arbre fonctionne comme des yeux, des oreilles ou de la peau, mais ça va plus vite de signaler au début; après avoir été reconnu, on peut engager la conversation. Il faut attendre, bien sûr, que Grand-Mère se soit fabriqué de quoi parler, une sorte de bouche avec des lèvres et une langue à partir de sa matière végétale animée, et une sorte de poumon quelque part, invisible dans une branche toute proche, afin de produire un souffle capable de soutenir des sons. Pour Mirka, qu'une bouche sans visage autour rend mal à l'aise, Grand-Mère fabrique un semblant de face humaine avec ses feuilles. Heureusement elle a l'habitude, et ça ne prend que quelques minutes, le temps pour Mirka de grimper dans ses branches basses. Sa voix n'est jamais très forte, quelquefois il faut tendre l'oreille pour la distinguer, surtout quand il y a du vent, mais aujourd'hui il fait calme, et le murmure soyeux s'entend très bien: «Bonjour, Mirka. Tu es triste.»

Avec Grand-Mère, il n'y a jamais besoin de tourner autour du pot pour commencer.

«C'est la Louïne», dit Mirka, en s'installant dans la fourche confortable qui est son endroit favori dans l'arbre, à deux mètres du sol, juste en face du visage vert qui lui sourit. «Pourquoi il faut toujours se transformer? Pourquoi les Guides, les apprentissages à l'école, tout ça? Les adultes ne se métamorphosent pas, ils n'ont pas à se trimballer partout tout le temps avec des plumes ou de la fourrure...»

Mirka allait dire «personne ne le fait chez les adultes», mais il s'arrête net: il vient de penser à sa mère, et elle, justement, même si c'est dans la montagne et non au village... Il attend la voix murmurante de Grand-Mère, tout en écoutant les mille bruits qui constituent le silence de la forêt. Dans son irritation, il avait oublié: plus il y a de phrases, plus ça prend de temps pour se rendre de l'écorce qui capte les vibrations de la voix jusqu'au cerveau caché qui interprète et comprend. Il regrette déjà de s'être laissé aller à son mouvement d'humeur qui lui a fait poser une question dont il connaît déjà la réponse: la métamorphose doit être apprise dès l'enfance, avec les Guides, parce que l'organisme humain est trop délicat pour être laissé à l'expérimentation sauvage – c'est ce que les Guides disent, et il sait bien qu'ils ont raison, les leçons sont très claires sur tout ce qui peut mal tourner si on se transforme n'importe comment à l'intérieur.

«Les adultes se transforment d'homme en femme ou de femme en homme s'ils le désirent», murmure enfin la voix lente de Grand-Mère, «c'est ce que tu vas commencer à apprendre après la Louïne. Ils se transforment constamment aussi, comme vous, pour des petites choses qui ne se voient pas, s'ils ont trop chaud, trop froid, s'ils se coupent... Et ils peuvent être obligés de se transformer en animal, en cas d'urgence. Il faut avoir appris pour pouvoir le faire facilement n'importe quand.»

Mirka attend encore après que la voix de Grand-Mère s'est éteinte: il faut être sûr qu'elle a fini avant de commencer à parler soi-même, on ne peut pas se permettre de l'interrompre. C'est drôle, c'est la règle aussi à l'école, avec les Guides et les autres enfants, mais avec Grand-Mère, ça n'agace pas du tout Mirka. En tout cas, elle n'a pas tout à fait répondu comme il le pensait, et pendant qu'il attendait sa réponse, il a eu le temps de réfléchir à ce qu'il voulait vraiment dire. C'est ça qui est bien, quand on parle avec Grand-Mère.

«Mais à quoi ça sert, d'être des métamorphes? Si on n'apprend pas, ça peut faire des catastrophes: ce que je vois, moi, c'est qu'on se transforme parce qu'on est *obligés*. C'est comme...» Et là, Mirka cherche sa comparaison – mais il sait que Grand-Mère ne l'interrompra pas non plus. «... comme une maladie!» conclut-il.

La réponse de Grand-Mère met long-temps à arriver, plus longtemps que d'habitude: «Ce serait plutôt comme respirer, Mirka. Si tu ne respirais pas, tu mourrais, et tu es obligé de respirer... parce que tu es né comme ça. Voudrais-tu ne pas être né, Mirka?»

Grand-Mère pose toujours de vraies questions, même quand elles semblent ne pas avoir de sens, et Mirka réfléchit sérieuse-ment. S'il n'était pas né, il n'aurait pas à trouver une métamorphose spéciale pour la Louïne, déjà! Mais tout d'un coup, ce pro-blème-là ne lui semble plus si grave, com-paré à la perspective de ne pas être né: de ne pas exister! Pas de réunions dans la caverne avec Marni, Rodge et Pardell, pas de jeux ni de courses à travers la forêt, ni les gâteaux de Mère Sonje, la mère de Marni...

Il n'aurait pas dû penser à ça. Marni a une mère, elle, et un père, comme Rodge et Pardell.

«Si je n'étais pas né», dit impulsivement Mirka, «je n'aurais pas de mère ni de père, et je n'en ai pas de toute façon!» Et il se sent soudain si malheureux qu'il se recroqueville dans la fourche de l'arbre et ferme les yeux. Ce serait bien, oui, finalement, de ne pas exister: quelle différence?

Au bout d'un long, encore plus long moment, le murmure de Grand-Mère s'élève de nouveau. Son visage vert a les sourcils froncés et Mirka pourrait presque sentir une émotion exsuder de l'arbre tout entier, quelque chose comme un mélange de tristesse et de colère.

«Tu as une mère, Mirka. Elle était trop jeune quand elle t'a eu, et elle ne voulait pas que tu grandisses comme elle, à la sauvage. Ses parents à elle étaient des Croyants. Ils ne t'ont pas expliqué, au village?»

Mirka murmure: «Si.» Les Croyants croient que la métamorphose a été donnée aux humains pour leur permettre de revenir au Paradis, où leurs ancêtres vivaient en état de grâce, innocents et heureux parmi les autres créatures. Ils demeurent à l'écart des villages, par petits groupes, ou plus souvent seuls. Ils ont développé des techniques mentales qui leur permettent de rester presque tout le temps métamorphosés en animaux. Et quelquefois, quelques-uns oublient complètement qu'ils sont humains, et ne peuvent plus revenir.

«C'est parce qu'elle t'aime qu'Anzia t'a confié à Mère Domni», reprend Grand-Mère, «et c'est parce qu'elle t'aime qu'elle ne vient pas te déranger. Et tu as un père, Mirka, qui ne t'a pas pris avec lui chez les Immuables parce qu'il t'aime aussi: il sait que tu es un métamorphe et que tu as besoin d'apprendre. Tu n'aurais pas pu, avec lui.»

Il y a une pause dans le chuchotement, mais Mirka n'attend pas de savoir si Grand-Mère a vraiment terminé, cette fois: «Et si ça m'est égal?» crie-t-il. «Ça m'est égal de ne pas me transformer, pourquoi ça ne leur est pas égal à eux aussi?»

Il se mord les lèvres, un peu honteux de son explosion. La réponse de Grand-Mère arrive bientôt, mais son visage n'est pas fâché: «Eh bien, si ça t'est égal de ne pas te transformer, c'est tout simple, Mirka: ne te transforme pas.»

Cette fois-ci, c'est à Mirka de rester silencieux. «Mais c'est la Louïne!» dit-il enfin, suffoqué.

«Et alors? Tu as dix ans, tu as fini tes apprentissages principaux, c'est ta dernière Louïne. Si tu ne veux pas te transformer, tu as le droit, Mirka.»

«Les Guides ne nous ont jamais dit ça», murmure Mirka au bout d'un moment.

«Ils ne vous ont jamais dit non plus que vous étiez obligés de vous transformer pour la Louïne», reprend Grand-Mère. «Tous les enfants le font, depuis des années et des années, mais il n'y a aucune loi nulle part disant que c'est obligatoire.»

Elle se tait, et après un moment Mirka croit qu'elle a terminé, mais elle reprend: «Si tu ne veux *plus jamais* te transformer, Mirka, c'est ton droit aussi.»

Le silence se prolonge. Mirka murmure enfin: «Être comme un Immuable?»

Comme mon père? Mais il ne le dit pas.

«Les Immuables n'ont pas le choix, Mirka. Toi, si.»

Et le visage vert se résorbe dans les feuilles, le signe habituel que pour Grand-Mère la conversation est terminée – c'est toujours elle qui décide. Mirka descend de branche en branche, pensif, donne une dernière caresse au tronc de l'arbre, «Au revoir, Grand-Mère», et repart en direction du village. La lumière a baissé, il a bien passé deux heures à parler avec l'arbre, mais ce n'est pas son tour de cuisine cette semaine, il peut se permettre de flâner et d'être un peu en retard à la Maison.

Mirka aime la forêt d'automne. Avec ses feuilles rouge et or, elle lui semble toujours plus ensoleillée que la forêt d'été aux profondes ombres vertes, plus riche que la forêt de printemps au mince brouillard de bourgeons laissant transparaître les branches nues. Seule la forêt d'hiver a plus de lumière sous le ciel bleu, presque cruelle dans sa blancheur, mais en même temps si moelleuse avec tous ses contours arrondis par la neige...

Et, comme si l'évocation de la blancheur l'avait soudain créé, voilà que quelque chose de blanc apparaît au détour du sentier, étincelant dans un rayon de soleil, et Mirka s'immobilise, le souffle coupé. L'animal s'arrête aussi, et un moment ils restent face à face, Mirka et la tigresse blanche. Ce n'est pas vraiment une tigresse, elle est moins massive, plutôt de la taille d'une grande panthère, mais c'est ainsi qu'on appelle depuis toujours les félins blancs qui vivent dans la montagne au-dessus du village, peut-être à cause de leurs oreilles rondes, et des bandes gris argent qui apparaissent parfois dans leur pelage, comme des fantômes de rayures.

Comme elle reste là sans bouger en travers du sentier, Mirka va s'asseoir sur un rocher plat un peu à l'écart. Elle le regarde, la gueule légèrement entrouverte sur sa langue rose qui goûte l'odeur de Mirka autant que ses narines dilatées. Elle le reconnaît, sûrement, comme il la reconnaît à ses yeux dorés: les vrais tigres blancs ont les yeux bleus. Mais il ne dit rien – comment dit-on bonjour à sa mère quand elle est une tigresse blanche?

Elle s'approche lentement de lui, ses pas élastiques font onduler comme de l'eau son pelage déjà épaissi en prévision de l'hiver. Quand elle est assez près, Mirka peut sentir le corps félin, l'harmonie parfaite de ses muscles, de ses os et de ses tendons, sa chaleur, sa force. Et voilà qu'il est pris, comme les autres fois, qu'il se met en phase malgré lui, que sa fourrure devient blanche...

Mais non! La phrase de Grand-Mère résonne dans son esprit: *Les Immuables n'ont pas le choix, Mirka. Toi, si.* Il serre les dents, il se concentre, il résiste. Il résiste même si bien cette fois-ci que non seulement sa fourrure redevient noire, mais elle se résorbe et disparaît. Comme c'est étrange, la sensation de l'air sur sa peau nue – ça fait tellement longtemps! Il résiste aussi au réflexe de serrer ses bras contre sa poitrine, reste assis sans bouger, les yeux dans les yeux de la tigresse dont la tête est au niveau de la sienne.

Au bout d'un moment, les yeux dorés clignent, et la tigresse se laisse tomber sur le flanc. Elle pose sa grosse tête sur le rocher, contre la cuisse nue de Mirka à laquelle se communique une vibration de plus en plus forte: la tigresse qui n'est pas une tigresse ronronne.

Mirka reste pétrifié, à la fois stupéfait et, malgré lui, heureux. Il ne sait pas quoi faire, maintenant. La tête de la tigresse s'appuie lourdement contre sa cuisse, insistante, et incroyablement chaude. Il lève une main hésitante, la pose sur le crâne doux et dur à la fois. La tête de la tigresse se renverse, offrant le triangle vulnérable, sous la mâchoire. Mirka ne peut s'empêcher de sourire, il se détend tout d'un coup et s'autorise à caresser la gorge blanche qu'un ronronnement plus fort encore fait vibrer. Une vaste satisfaction émane de la tigresse, et il la perçoit comme une aurore boréale, de grandes draperies lumineuses qui se déploient lentement sur un ciel noir. Rien d'humain là-dedans, et pourtant, Mirka sait, Mirka sent, que quelque part dans le cerveau de la tigresse une étincelle veille: Anzia n'est pas – pas encore? – de celles qui oublient comment redevenir humaines.

Mirka continue à caresser la gorge offerte, et ses pensées dérivent. Les autres fois, quand il la rencontrait, elle se sauvait presque tout de suite. Pourquoi, aujourd'hui?... Parce qu'il n'est pas entré en phase avec elle, parce qu'il n'a pas commencé à se transformer malgré lui pour lui ressembler? Parce qu'il a résisté? Et pourquoi est-ce si difficile, de lui résister? Elle n'essayait sûrement pas de le forcer en phase, c'est juste... comme si elle était un aimant, et lui des petits bouts de fer. Mais peut-être que c'est normal. Peut-être que c'est pour ça aussi qu'il trouve si facile de se transformer en animal à fourrure (bien qu'il n'ait jamais essayé un tigre blanc, même en miniature): il a eu de l'entraînement avant d'être né! La moquerie habituelle n'est peut-être pas si loin de la vérité, après tout, «Mirka, c'est une bestiole qui s'est trompée en naissant humaine», mais pas de la façon qu'il croyait quand il était petit... On lui a expliqué, bien sûr, Mère Domni, et Loro: les humains ne peuvent pas rester métamorphosés quand ils font des enfants, il n'a jamais été un petit tigre dans le ventre d'une mère tigresse. Mais même si elle l'a tout de suite confié au village, il est bien resté neuf mois avec elle, neuf mois où elle a été une humaine, mais une humaine qui devait tout le temps penser au moment où elle redeviendrait une tigresse blanche... Qui sait ce qu'elle lui en a passé?

C'est drôle comme quelques mots peuvent changer le paysage. Une seule petite phrase de Grand-Mère, juste l'idée qu'il n'est pas *obligé* de se transformer, plus jamais, et c'est comme s'il y avait davantage d'espace autour de lui, comme s'il voyait les choses plus tranquillement, parce qu'il les voit de plus loin. Voilà qu'il pense à sa mère de plus loin aussi – c'est peut-être pour ça qu'il l'imagine plus petite, quand elle était une petite fille, dans la montagne, avec ses parents à elle. Peut-être qu'elle n'a pas été très heureuse, la petite fille Anzia. Peut-être qu'elle s'est rendu compte qu'elle ne pourrait jamais vivre au village, mais elle s'est dit que son enfant à elle... Et c'est vrai qu'elle a dû le vouloir, cet enfant: il lui aurait été si facile de le perdre – juste une petite transformation... et Mirka n'aurait jamais existé. Mais elle ne l'a pas fait. Et même, elle est allée lui chercher un père Immuable – s'imaginait-elle que l'enfant ne serait pas un métamorphe si son père n'en était pas un? Ce n'est pas ainsi que fonctionne la mutation: il suffit qu'un des parents l'ait pour que les enfants l'aient aussi. Mais elle ne le savait peut-être pas?...

Mirka se sent soudain plein de tendresse triste pour cette petite fille qu'il n'a pas connue, mais qui est là, cachée quelque part dans la tigresse qui ronronne contre sa cuisse. Il se penche vers elle: «C'est bientôt la Louïne», lui dit-il. Les yeux dorés s'ouvrent, se fixent sur lui. Il a son attention, il le sent: l'étincelle qui est Anzia se déploie dans le cerveau de la tigresse. «Je ne sais pas en quoi me métamorphoser. Mais je ne crois pas que je vais me métamorphoser.»

Il s'arrête, surpris lui-même de ce qu'il vient de dire, et de sentir comme c'est bien, comme c'est juste, comme c'est exactement ce qu'il doit faire. Il reprend: «Je ne vais pas me métamorphoser...» et un grand sourire naît sur ses lèvres quand il imagine le résultat: «... et personne ne me reconnaîtra! Ils ne m'ont jamais vu sans fourrure, pas depuis que j'étais tout petit! Je serai aussi bien déguisé qu'un Immuable.»

Il éclate de rire, et il sent que, dans la tigresse, Anzia rit aussi. Après des semaines d'indécision et d'angoisse, il sait enfin ce qu'il va faire! Et puis il se rend compte qu'il en sait même plus qu'il ne croyait. Il redevient grave. «Et après la Louïne, j'irai vivre un temps avec mon père, chez les Immuables. Pour voir.» Il n'est pas sûr qu'il aimera ça – ni que les Immuables aimeront trop ça, non plus, avoir un métamorphe parmi eux, même un qui ne se métamorphose pas – mais il a envie d'essayer. Il a le droit. Il a le choix, comme l'a dit Grand-Mère.

Il se lève, il se frotte les bras – le soleil a baissé, il a la chair de poule. Il refait pousser sa fourrure – d'un beau roux feuille d'automne, pour changer. La tigresse le contemple, la gueule entrouverte en un sourire félin. Elle se lève aussi, s'étire, la queue toute droite, lui donne un petit coup de tête dans la poitrine et s'en va au petit trot en direction de la montagne. Il ne veut pas la regarder s'éloigner – il sait qu'il la reverra, de toute façon, et plus souvent qu'auparavant. Alors il part en trottant, lui aussi, vers le village, vers les toits qui fument dans la lumière bleue du soir, vers la table odorante de Mère Domni, vers les bousculades et les chamailleries de la Maison des enfants, pour encore un temps, – et vers la Louïne où son père ne le reconnaîtra pas plus que les autres, mais c'est lui, Mirka, qui l'aura voulu ainsi, et il est content sous sa fourrure rousse, Mirka, il sait maintenant qu'il n'est pas obligé de suivre les histoires écrites par les autres, et que la sienne, c'est à lui de l'écrire.

Il a hâte de savoir la suite.

CHEZ QUÉBEC/AMÉRIQUE JEUNESSE

BILBO JEUNESSE

Beauchemin, Yves
    ANTOINE ET ALFRED #40

Beauchesne, Yves et Schinkel, David
    MACK LE ROUGE #17

Cyr, Céline
    PANTOUFLES INTERDITES #30
    VINCENT-LES-VIOLETTES #24

Demers, Dominque
    LA NOUVELLE MAÎTRESSE #58

Duchesne, Christiane
    BERTHOLD ET LUCRÈCE #54

Froissart, Bénédicte
    CAMILLE, RUE DU BOIS #43
    UNE ODEUR DE MYSTÈRE #55

Gagnon, Cécile
    LE CHAMPION DES BRICOLEURS #33
    UN CHIEN, UN VÉLO ET DES PIZZAS #16

Gingras, Charlotte
    Série Aurélie
    LES CHATS D'AURÉLIE #52

Gravel, François
    GRANULITE #36
    Série Klonk
    KLONK #47
    LANCE ET KLONK #53

Marineau, Michèle
    L'HOMME DU CHESHIRE #31

Marois, Carmen
    Série Picote et Galatée
    LE PIANO DE BEETHOVEN #34
    UN DRAGON DANS LA CUISINE #42
    LE FANTÔME DE MESMER #51

GULLIVER JEUNESSE

TITAN JEUNESSE

THÉÂTRE JEUNESSE

Émond, *Louis*
    COMME UNE OMBRE #2
Pollender, *Raymond*
    LE CADEAU D'ISAAC #1

CONTES POUR TOUS

Carrier, *Roch*
    LE MARTIEN DE NOËL, sélection Club La Fête
Desjardins, *Jacques A.*
    TIRELIRE, COMBINES ET CIE #13
Goulet, *Stella*
    PAS DE RÉPIT POUR MÉLANIE #10
Julien, *Viviane*
    BYE BYE CHAPERON ROUGE #9
    C'EST PAS PARCE QU'ON EST PETIT
    QU'ON PEUT PAS ÊTRE GRAND #5
    DANGER PLEINE LUNE #14
    FIERRO… L'ÉTÉ DES SECRETS #8
    LA CHAMPIONNE #12
    LA GRENOUILLE ET LA BALEINE #6
    LE JEUNE MAGICIEN #4

Patenaude, *Danyèle* et Cantin, *Roger*
    LA GUERRE DES TUQUES #1
Renaud, *Bernadette*
    BACH ET BOTTINE #3
Rubbo, *Michael*
    LES AVENTURIERS DU TIMBRE PERDU #7
    OPÉRATION BEURRE DE PINOTTES #2
    VINCENT ET MOI #11
    LE RETOUR DES AVENTURIERS DU TIM-
    BRE PERDU #15